土方歳三
TOSHIZO HIJIKATA

最高愛獲「新選組」副長。天然理心流の道場で、近藤勇と知り合い以来兄弟のように育つ。幕府が天歌をあまねく国に広めるために結成された幕府直轄の最高愛獲となる。ある事件をきっかけに、近藤を深く敬愛している。

沖田総司
SOJI OKITA

幕府の大舞台で選ばれた、新選組1期生のセンタートップ。近藤や土方と行動を共にしている。にこにこ愛想良く接してるが、腹の中では舌を出している。過去の経験から人間不信気味。だが近藤や土方のことを心から敬愛している。

近藤勇

ISAMI KONDO

最高愛獲「新選組」の局長。かつては自らもセンタートップとして活躍していたが、とある理由で一線から退き、現在は総合プロデューサーとして裏から新選組を支えている。豪放磊落な頼れる兄貴的存在。

坂本龍馬

RYOMA SAKAMOTO

歌うことが大好きな、土佐出身の青年。天性の才能と熱情で、内から湧き上がる衝動をそのまま歌にする。自分の歌を認めてもらうため、幕府が主催する大舞台を目指し、故郷の土佐を飛び出してきた。

BAKUMATS

BAKUMATSUROCK

桂小五郎

KOGORO KATSURA

倒幕運動をしている志士で、吉田松陰の門下生であり高杉の先輩。良家の出身で、幼少の頃から音楽の基礎技術をみっちりと叩き込まれている。蘭学にも長じており、小型アンプやスピーカーなど数々の発明品を生み出す。

高杉晋作

SHINSAKU TAKASUGI

倒幕運動をしている志士で長州出身の青年。Rock の師匠である吉田松陰の門下生で、小五郎と一緒に松陰から教わった Rock を広めて幕府を倒そうと突風雷舞活動をしている。刺激的なものが好きで大の激辛フリーク。

幕末Rock
誠の道 一縷の光

CONTENTS

BAKUMATSUROCK

幕末Rock 誠の道 一縷の光

プロローグ
PROLOGUE

BAKUMATSUROCK

プロローグ

青年の振るった白刃の煌めきを追って、鮮血が舞い散った。

薄紅で烟《けぶ》る世界は己の一振りが生んだもの。

判っていても、その禍々しさに思わず眉根を寄せていると、足元から声が響いた。

「何が、徳川による、安泰だ……！　あいつらは富と権力を、独占している、だけだ……っ」

切り捨てたはずの者は地べたに這い蹲ったまま、青年へ恨みの目を向けてきた。

それを呆れた思いで、冷たく見下ろす。

「幕府が横暴であるように言うのは許さん。貴様らの藩が行っている悪政をこちらが掴んでいないと思っているのか。おまえたちの行いの方が余程民を苦しめる苛斂《かれん》だろう」

「……ふはは、民など、殺さぬ程度に……適度の餌を、与え、て、飼ってい……ればいいのだ！　綺麗ごとをほざくなっ、幕府に尻尾を振る、壬生の野良犬どもめ……っ！」

「野良犬などではない。俺たちは幕府直轄の愛獲《アイドル》だ」

「ほざけ……所詮は田舎の芋侍が愛獲《アイドル》などと片腹痛いわっ！」

「田舎侍だろうが、我らは幕府に認められた武士。新選組を侮るならば……ああ、もう聞こえていないか」

倒れ伏した男の首は力を失い、がくりと地に落ちた。

それを見届けると、新選組を名乗る青年は男の傍に膝を突く。

男は絶望の色に染めた目を開いたまま息絶えている。その瞼を押さえて死者の目を閉じさせた青年は、手を合わせて黙祷を捧げる。悪人とはいえ、死者への礼儀は果たすべきだ。

例え血にまみれた手でも、合わせるものがいるだけましだろう。

「おまえの死は、この土方歳三が背負っていこう」

そう言葉を落とすと、一度大きく刀を振う。こびりついていた血糊が散った。

――粛正は終わった。もうここに用はない。

きびすを返す歳三を正面から月が照らした。強ばった相貌が月夜の小路に晒される。

「土方歳三、みぃーつけた」

「……なっ⁉」

横手の暗闇から、そんな声が聞こえた。

歳三が思わず振り返るのと、白皙の美貌が闇の向こうから浮かび上がるのは同時だった。美青年は既に腰の大刀を抜いている。その美しい顔に浮かんだ酷薄な笑み。

――間に合わない。

思ったときには遅かった。

「ぎゃああっ！」

目の前で緋の霧が広がる。

重い音をたてて、闇が――闇色の衣装で全身を包んだ不審者が、自分と彼との間に倒れた。

「あっぶないなー、襲ってきてるのに無防備すぎですよ。土方歳三ともあろう者が」

暢気な口調で声をかけてくる美青年に、歳三は眉をしかめた。

助けてもらって文句を言うのは微妙だ。だが、しかし……。

「お前が手を汚すな、総司」

「そんなの土方さんだってでしょ」

「俺はいい。これは俺の選んだ誠の道だ」

たとえ血塗れになろうとも、慚愧《ざんき》の念は抱かない。

「だったら僕だってそうですよ。まったく過保護なんだから」

歳三の弟分である美青年――沖田総司は何でもないというように笑って言った。昔から生意気な子どもだったが、それは大きくなっても変わらない。

「俺をつけてきていたことに対する説教は後だ。ここに長居をする気はない」

「確かに。ここにいたら豚の臭いがこびりつきそうだ」

総司は冷たい視線を足下に向ける。

さきほど歳三に切って捨てられた男は、主張こそ豚であったが名乗りをあげてくるだけ武士としての自尊心があった。しかし、闇に乗じて襲ってくることには歳三も侮蔑の念を覚える。

「だが、豚はよせ、総司」

「土方さんは無駄に優しいな。どうせ番所にも届けるんでしょう」

新撰組は幕府直轄愛獲《アイドル》だ。その歳三たちに逆らい刃をむけるのは、徳川幕府に唾するのと同じこと。斬り捨てたとはいえ、歳三に理があった。番所に届けても問題にはならない。むしろ……。

「番所に知らせずにいれば、民が見つけ怯える。それは本意ではない」

「はいはい」

聞き流す総司にこれ以上言っても仕方がない。歳三も話したい内容でもない。

弟分と連れ立ち、歳三はその場を後にした。

空に浮かぶ月は丸く、まるで日中のような明るい光を歳三たちへと降らす。

しかし明るければ明るいほど、足下に伸びる影は闇色を濃くしていた。

そして、それはずっと歳三についてくるのだった。


屯所に戻ってすぐ、歳三は私室に引っ込もうとする総司を呼び止める。

「おい、湯を浴びるぞ」

「いい年した男が二人で湯船につかるとか、むさ苦しい。あ、それとも夜のお風呂が怖いとか……」

無駄口を叩く総司の頭を叩く。

「血の臭いは独特だ。この鉄の臭さは鼻につく」

「僕はあまり気にしないです。それに愛獲《アイドル》は臭くならないものですよ。煌《ファン》の間では、僕たちの汗からは花の匂いがするって噂があるそうだし。もちろん厠にも行かないらしいし。きも！」

立て板に水の総司に、歳三は声をかけるタイミングを逸した。

しかしここで負けては兄貴分としての威厳が削がれる。口が達者な相手への必殺技を歳三は繰り出す。

「……行くぞ」

有無を言わさず、首根っこを掴んだ。

「はぁい」

諦めたのか、総司は素直についてくる。その横顔にはさきほどの人斬りの余韻はない。

後悔はしていないが、人の死の重さを今の総司はまだ理解できていない。それは人としてとても危うい姿に見えた。

（——あのとき近藤さんが俺を止めた理由も、今なら痛いほど判るな）

雨の中、優しい人が悲しげに顔をゆがめていたのを思い出す。

だが、歳三の言葉では総司は止められないのだ。己の力不足を実感させられ、忸怩《じくじ》たる思いから思わず握り拳を作った。

「うわ、なんですか。殴るとかなしですよ！　今夜、つけられてたのに気付かなかったのは、土方さんなんですから、僕悪くないですからねーだ」

的外れな弟分の言葉に、力が抜けた。

「そう言えばそっちの説教がまだだったな。風呂でするか」

「僕の尾行に気付かなかった土方さんの反省会ですか？　……いったー！　無言で殴るとかひどいですよ。しかも、何です、その動き。早いし」

「天然理心流の奥義だ」

嘘だ。思わず手が出ただけだ。

ぶうぶう文句を言う総司を追い立てて風呂場へと向かう。

「そう言えば知ってます、土方さん。最近、志士《ロッカー》っていう幕府に刃向かう連中が出てきてるんですって」

「志士《ロッカー》は昔からいただろう。しかし、ほとんどが志もない軟弱な輩ばかりだと聞く。骨のある奴らは一握りだ」

壬生組が新選組と名を変え、幕府直轄愛獲《アイドル》になった時、副長の歳三も昔のことを少しばかり耳にした。最後まで抵抗し命を落とした者や、天歌《ヘブンズソング》への反抗をやめず喉をつぶされた気概と信念ある者たちの存在は、けして馬鹿には出来ない。敵ながら天晴れと言えよう。

「……そうだな、いまは吉田松陰あたりが、一番やっかいだ」

「じゃ、斬っちゃいます？」

あっさりと尋ねてくる総司に、歳三は苦い思いを飲み込む。

「……吉田松陰は注意すべき志士《ロッカー》だが、やたらと命を奪うべき相手ではない。信念ある者ならば、こちらに引き込むことも出来る。斬るべき者は俺が見極める。おまえは勝手に動くな」

「はぁい」

答えもあっさりとしている。歳三のいいつけを守らずに動くほどの衝動はないようだ。

「でも僕だって、近藤さんのためになることならなんでもしますからね。忘れないでください」

「その前に、俺の跡をつけてきたことについて話し合うぞ」

「ええーっ」

不満の声を上げる総司が逃げを打つ前に、浴場に着いた。

弟分を蹴りこみ、汚れを落とすことに専念した。

それはまだ、超魂《ウルトラソウル》が砕ける前の、ある夜のことだった。

第一章

CHAPTER.1

BAKUMATSUROCK

第一章

「新選組副長、土方歳三。ただいま彦根より戻りました」

「近藤さん、ただいまでーす」

歳三の挨拶の直後、失礼きわまりないものが続いた。

慣れているとはいえ、無礼は無礼。不作法な弟分の後頭部を容赦なく張ると、部屋にはいい音が響いた。

「いったー、なんでぶつんですか、土方さん」

「ちゃんとしろ、ちゃんと」

「してますよ。土方さんが堅苦しいだけでしょ。ねぇ、近藤さん」

ああ言えばこう言う。まったくもって生意気だ。

歳三の眉間の皺が深まる。

「ははは！　おまえたちのやりとりを見ると、ほっとするな」

そこに、太い笑い声で割って入ったのはこの部屋の主。

新選組局長の近藤勇だった。

長い手足を胡座と腕組みでまとめても、大きな体躯はそれだけで迫力がある。それが威圧感へと繋がらないのは、勇の放つ穏やかな空気のせいだろう。彼は昔からこの穏やかさを失ったことがない。修羅の道を選んでなお、人としての温かさを手放さない男だった。

「二人とも無事でなによりだ。彦根は遠かっただろう」

「ほ～んと遠かったですよ。井伊大老の命令でも、もうあんな遠出はヤですね。あ、これお土産で～す」

軽い。軽すぎる。歳三は目の前の軽そうな頭に二発目を入れた。

「いった～！」

「先に報告だ。……って、近藤さんも嬉しそうに土産を受け取らないでください！」

歳三が注意を促せば、男は体躯をゆらして鷹揚に笑う。

暖簾に腕押しとはこのことだ。しかし、勇は決して凡庸でも暗愚でもない。

「――さて、それで彦根はどうだった」

表情を引き締め新撰組局長の顔となった男に、歳三はさっと居住まいを正した。総司が空気を読んで座り直すのを見届けてから、歳三は彼の地でのことを伝えた。

「そうか……、坂本龍馬達がいたのか」

「志士《ロッカー》ごときにしては、いいところまで行ったんじゃないかな？　志士《ロッカー》にしてはだから、僕の天歌《ヘブンズソング》には及びませんけど」

「だが、総司たちに肉薄したと言うことか。それは……」

勇は腕組みをして、何度か大きく頷く。

どう見ても感心しているようにしか見えない。

「近藤さん、あいつらは敵ですよ」

「そうですよ、僕がやっつけたくらいだし」

総司も不服そうに続けるが、勇はむしろ楽しげに笑った。

「敵ながらあっぱれというやつだ」

「うーん。近藤さんがそう言うなら、僕もそう思うかな」

「近藤さん！　総司！」

ころころ主張を変える総司も総司だが、そもそも敵に感心する勇が問題だ。歳三が声を荒げると、総司は胡散臭い笑顔を向けてきた。

「土方さんは心が狭いから駄目ですよねぇ。それに比べて僕の器の大きさときたら。ほ〜ら、褒めてください、近藤さん」

「ははは。総司、偉いな」

「ふふふ」

得意げに歳三を見て笑う総司の頭に、三発目をお見舞いしてやりたくなったが、それはなんとか堪えてやった。そんな歳三の大人としての配慮こそを勇には褒めて欲しい。

そもそも総司は昔から勇にばかりいい顔を見せるのだ。

（いつのことだったか……あれはまだ総司が大人になる前だな）

総司が引き取られて一年ほど経った時期を思い出す。

まだ背丈も小さかった総司が、朝稽古を終えたばかりの勇と歳三に駆け寄ってきたのだ。そこで勇の手を引き、自分が世話した朝顔を披露した。そして、お世話になっている礼だと言って、勇に贈った。

（あれは、たしかに見事な朝顔だった）

その後が問題だった。

『土方さんには、これあげます。お礼です』

言葉こそ可愛かったが、歳三に贈られたのはミンミン蝉の抜け殻だった。

（そーそーこれこれ……って、いらんわ!!）

総司曰く、当日早朝から始まった羽化をしっかり見届けた記念の抜け殻とのことだが、歳三は知っている。

その日の朝、歳三の隣の布団で起床時間ギリギリまで総司が爆睡していたことを。

それでも一応、記念に思い大事に取って置いたのだ。そうしたら数年後、歳三の手文庫からその蝉の抜け殻を見つけた総司が非常に嫌そうな顔をして「ゴミはちゃんと捨ててください、気持ち悪い」と言い捨てたときには、思わず足払いをかけた。多分、自分は悪くない。

あまりに腹に据えかねたので、その蝉の抜け殻は未だに保管している。

いつか絶対にやり返してやるのだ。

「トシ、どうした？」

勇の声で、我にかえる。

蝉の抜け殻の話など、どうでもいいのだ。そして、総司の態度は後で締めればいい。

「……近藤さんはそう言いますが、やはり俺は、坂本たちを簡単に認められそうにはないですね。奴らから熱情《パッション》は伝わりますが……」

そこで歳三は言葉を濁す。近藤の言うとおり、歳三も龍馬たちを認める部分はあるのだ。しかし、彼らの主義が幕府と異なる以上、結果的には敵対することとなる。それが、この世の安寧を願い、平穏を守る新選組の立場なのだ。

「あー、これ絶対なんかややこしいこと考えてますよ。土方さんって格好つけなんだから」

「なっ……！」

憎たらしいことばかり抜かす弟分の、首根っこをひっつかもうとした。ところが敵も然る者、身の軽さを生かして逃げられる。総司はさっさと勇の背後に隠れてしまった。

「ははは。総司は昔からすばしっこいからな」

「もちろん、土方さんがとろいとか、僕言いません」

言っているようなものだ。

「とはいえ、あんまりトシにつっかかるなよ」

「はーい」

笑って振り向いた勇が、総司の頭を撫でようとした、その時だ。

「……っ！」

突然、総司の身体が揺らぎ勇の手が空を切る。いつも嬉しそうに撫でられて「もう子供じゃないんだけど」と楽しげに文句を言うのに。見ると血の気が引いたように青ざめていた。

「どうした、総司？」

「えっと、なんだろう……たちくらみみたいな……？」

自分でも不思議そうな顔をする総司に、心配の念が湧く。生意気で手の掛かる弟分は、くだらないことではいくらでも面倒をかけてくるのだが、本当に不調なときこそ、一人で抱え込もうとするところがある。

「旅の疲れが出ているのかもしれん。二人で湯船にでも浸かって、旅の疲れと埃を落としてくるといい」

「そうさせていただきます。おい、行くぞ、総司」

平気そうにしていたが、彦根で志士《ロッカー》たちとやり合い、強行軍で京へと戻ってきたのは思ったよりも負担になっていたのだと、歳三は結論づけた。

それを思えば、さっきから妙に絡まれることが多かった理由も判った。

（具合の悪いときくらい、ごまかそうとするな、馬鹿が）

しかしそれを言えば、また意固地に元気を装うのが判るので、歳三はただ無言で総司の首根っこを掴む。

総司もそうされると、さすがに逃走までする気はないようだ。

「では近藤さん、また後で」

話をしたいことはまだあったのだが、まずは総司の休息だ。

歳三は気付かすにいた自分を反省をしつつ、勇の前から辞した。

新選組の朝はけっこう早い。

――こけこっこ～!!

子の正刻。（およそ朝六時）

西洋よりもたらされた鶏が飛び出る柱時計が、本物そっくりの鳴き声で目覚めの時を告げる。

それに合わせて隊士たちは飛び起き、そして身だしなみを整え庭先に整列する。

「うむ、揃ったな」

最後の一人が並びきったところで、歳三は頷き、それと同時に屯所内の柱時計から集合時間がきたことを知らせる声が響いた。

――ぴよぴよぴよぴよぴよぴよぴよ～

さすがに朝っぱらから何度も鶏の鳴き声が響くとご近所さんへのご迷惑になる。そんな理由から鶏の代案として改良された『号令ヒヨコくん』である。

余談だが、このせいで新選組は屯所内で鶏を飼っているという噂がまことしやかに、京の町には流れているのだが、別段問題になることでもないので広報担当は放置している。

「なぁんだ、今日もお寝坊さんはいないのか。お仕置きは延期だね」

歳三は隣でぼやく総司に、内心でため息をついた。だがあくまでも表情は引き締めたままだ。

局長の勇が、号令をかけるのを待っているのだ。

「それでは始める！」

愛獲《アイドル》として舞台に立つことは引退こそしたものの、やはり良く通る美声だ。

勇の引退を惜しむ声は、いまだに多い。その一人はもちろん歳三だ。

(俺はまた貴方と舞台に立ちたいですよ、近藤さん)

そんな思いを胸に抱えながらも、今が朝の集合であることを思いだした歳三は、気持ちを切り替える。

「一同、構え!」

続いて歳三が号令をかけると、並んだ隊士たちが一斉に定められたポーズを取った。

右手は広げて顔の前。指の間から、その先に煌《ファン》がいると想定して流し目を。

左手は背中に回して、拳を握る。左肩をややひいて、体のラインを美しく見せるのが基本だ。

そして、右足は引き、左足はつま先を伸ばして前に出す。

総勢百人近い隊士たちが、揃いのポーズを決める光景は壮観だ。

——これで準備は整った。

「新選組体操、第一始めるよ〜」

「はっ!」

総司の声と共に、『朝の新選組体操・第一』のメロディが隊士たちのアカペラであたりに響きわたった。

「あぁ、今日も新選組体操の歌声が聞こえるわ〜」

「この声、沖田様よ！」

「あぁん！　ちょっと黙りなさいよ。聞こえないでしょ……あっ、土方様の独唱パートよ！」

「素敵ぃ……」

屯所付近では、今朝も煌《ファン》の女の子たちが体操出待ちで悶える姿が見られる。

ちなみにこの朝の新選組体操、第十九番まで存在するのだった。

★

朝の体操が終わると、屯所の厨房は戦場となる。

辰の上刻（およそ七時）が、彼らの朝食時間であった。

それから巳の上刻（およそ九時）からは、ボイストレーニング。

いくつかの組に分かれての練習《レッスン》だが、いかせん場所は庭先だ。結局のところ、少し離れるくらいが関の山である。

「……総司の班は……」

「あ〜〜〜……あ、あ……」

「はい、声が掠れた。ダメダメだよね、お仕置き～」

——ぴしゅっ！

「ひゃうっ！」

発声に失敗した隊士と、それを咎めた総司の声が背後から聞こえた。

どうやら歳三と背中合わせに位置しているようだ。

それはいいとして、叱責の後に続いた謎の打擲音《ちょうちゃくおん》はなんなのか……。

歳三は振り向くのが非情に嫌だった。

その渋顔を正面から見ることになった、班員たちの表情が引きつっていることに歳三は気がついていない。

「はい、次～♪」

「すぅはぁ……。ああ～～ああ～～ああ～～あぁ～？」

「音階が変。お仕置き～」

——ぺしょっ！

「ふぎっ！」

確かに四音目がぶれた。しかし、その後に続いた謎の水気ある音は何なのか……。

歳三は、本当に振り向くのが嫌だった。

「よぉし、次。えっと、藤堂さんだ」

なに!?

八番隊隊長の名前に、歳三はさすがに目を剥く。

「あああ〜〜〜、えほっ」

「は〜い、藤堂さんもお仕置き〜♪」

――すちゃ……

「わわ、沖田！」

藤堂の焦った声に、土方が思わず振り向く。

「あ、やったー。やっぱり振り向いた」

「俺でやっとか。ていうか、愛されてますね、俺」

総司と共にニヤニヤ笑っている藤堂の顔を見て、どうやら今までのやりとりは歳三をからかうものだったと判った。

「総司！　そして藤堂！　その他班員、全員まとめて屯所外周を千周！　駆け足だっ!!」

「いや、千周は無理でしょ」

「そうそう、無理無理ですよ、副長！」

「成せば成る！　つべこべ言わず、行ってこーーいっ!!」

歳三の雷が落ち、総司と藤堂、そして巻き込まれた隊士たちは屯所を飛び出るのだった。

局長室まで響いた副長の声に、新選組局長である勇はにっかりと笑った。

「おお、トシが今日も元気だなぁ」

「ははは っ、旦那たちは元気なんですねぇ。いいことぜよ〜」

その向かいには、波打つ頭髪を染め布《バンダナ》でまとめた男が座っている。

ひょろりとした体躯の男は、先日から時折出入りしている流しの物売りだ。

「ほいじゃ、続きをいいかね？」

「おう。どうも懐具合がよろしくなくてな。この着物を元手に、できるだけ良い品を安く仕入れてくれ」

「いやぁ、新選組の台所も大変なんじゃなぁ。もっと楽にやってるのかと思ってたぜよ」

「以前は、うちの副長に勘定を任せきりにしていたんだがな。ついついそれに甘えて、懐具合を判っていない俺が大風呂敷を広げたことがあってな。いやぁ……あの時は隊が……ハハハ……」

大男が遠い目をして、苦笑いをする姿は愛嬌があった。

「反省して、以後、俺も少しは勘定にも目を通すようになったのさ。やはり苦労を押しつけてはいかんな」

「局長さんはいわゆる『困った奴』というもんか〜。ワシもそういう奴を知っちょるが……なんでかそいつにも、手助けするモンが集まってきよるぜよ」

物売りは何かを懐かしむように表情を緩め、目を細める。

局長室に穏やかな空気が流れる中、屯所の庭先は殺気だった土方歳三による鬼のボイストレーニングが始まっていたのだった。

巳の正刻。（およそ十時）

ここからは組と隊、または曜日などで振り分けられた、歌唱、団主《ダンス》、剣舞、楽器、学問などのトレーニングとなる。

そして、午の上刻。（およそ十一時）

当番に当たっている者は厨房で用意を始め、残りは巳の正刻より引き続いてのトレーニング。

それが終わって、午の下刻（およそ十二時）には昼食だ。

未の上刻（およそ十三時）からは、ローテーション任務となる昼帯雷舞《ライブ》が行われる。これは定期的に行われる大型雷舞《ライブ》とは違い、半刻から一刻で終わるものだ。

歳三や総司などがこれに出ることは少ない。

一番から十番までメイン隊の出番《メンバー》よりも、正規隊士ではあるが後列団者《バックダンサー》を主に勤める隊士たちを中心として見せる場となっているのだ。

歳三たちはその間、稽古やその他業務に当たることが多い。会誌への取材対応などもこの時間が多い。

今日もまた、そんな恒例取材を入れられていた歳三である。

「それでは取材を始めさせていただきます、土方さん」

「…………」

取材の担当は、十番隊の原田であったはずだが、なぜかその席には総司が座っている。

「あ、担当変わりました～。原田さん、お腹壊したって」

「…………しかたない」

歳三は頷き、向かい合った総司に先を促した。

本当のところは、おもしろがった総司が原田に頼んで取材担当を交代したのだろう。

普段なら目くじらの一つや二つを立てるところだが、今日は許すことにした。

「……とは言っても、土方さんの取材って隊歴が長いだけにもうかなりやっちゃってるんですよね。好きな食べものとかを今更聞くのもアレだと思いません？」

「ああ、好物は肉だ」

「ああ、うん。肉ですよね。好物はもう知ってるって言ったのに、聞いてないなぁ」

「俺は肉が好きだ」

「知ってますよ」

土方歳三、（愛獲《アイドル》なので年齢非公開）才。

京に出てきてからは、色々な事情で肉料理があまり食えなくて悲しい。そんなお年頃だった。

（ああ、そういえば、あれはなかなか美味だったな……）

幕府に楯突く憎き志士《ロッカー》であるが、彼らが常駐していたアルベルゴ・ディ・テラーダなる店で提供されていたピッツアは、なかなか肉々しかった。

偵察で立ち寄った際の、あの香ばしい匂いと油の絶妙なる総合演舞《コラボレーション》を思い出すと、今でも口内に生唾が湧いてくる。

新選組は幕府よりの禄はあるものの、大所帯であるためあまり食費に金子を回せないのだ。野菜、野菜、しなびた野菜、野菜、ちょっと魚、野菜、しおれた野菜、野菜……とくり返されるのが新選組の食卓の基本である。

煌《ファン》たちに、華麗な団扇を振るよりは、精の付きそうな食材の差し入れの方が隊士たちの印象が良いことをこの取材で伝えるべきか否か、歳三は迷う。ウナギとか、良いではないか。

「いや、新選組は最高愛獲《トップアイドル》。武士の誇りを捨てるわけにはいかん」

「は？　なんですか、急に」

「なんでもない。取材の続きをするぞ。——好きなものは肉。嫌いな食べものはない。そのような勿体ないことは、口が裂けても言わん」

「にんじんとかピーマン嫌いじゃないですか。どうします、差し入れでどっさり届いたら」

「…………」

長年の付き合いの弟分は、時にうざい。

「じゃあ、今回は少し突っ込んだ取材にしましょう。土方さんの趣味についてとか」

「……歌と踊りと団主《ダンス》が趣味だ」

「踊りと団主《ダンス》は一緒ですよ。うっわー、動揺してるしー」

「愛獲《アイドル》である新選組に尽くし、ひいては徳川幕府のために身を粉にして働くのが俺の勤めだ。それを上手いこと趣味っぽくして書いておけ」

「ひとまかせ！　いーかげん！」

「取材担当を変わった責任を負え」

有無を言わさぬ視線を向けてやれば、総司は唇を尖らせつつも帳面に文字を書き込んでいる。

覗き込めば、意外にも歳三の命じたとおりに、それなりの取材記事をでっち上げていた。

長年の付き合いの良いところはこういうところだろう。相手のことを知り尽くしている。

知り尽くしているはずだった……。

「総司、彦根で何があった？」

彦根からの道中は、他の隊士の視線があった。帰投したときは、総司の体調不良もあり問いただすことは出来なかった。この取材は、総司と二人きりで話が出来る良い機会だったのだ。

「え？　普通ですよ。トサカくんたちがいて、スカシ君は感じ悪くて、メガネ君は陰険だったんで、ちょっとからかったら超魂《ウルトラソウル》が発動しちゃってもう」

笑顔を造りながらも、総司の目は笑っていない。

「本当ウザいですよね。僕たち幕府の愛獲《アイドル》が正しいに決まってるじゃないですか。近藤さんだってあんなに頑張ってるのに、邪魔ばっかりして」

「ああ……」

「あんなに近藤さんが気にかけてくれてるのに」

疎ましそうに言い捨てる総司には、どこか余裕がないように歳三の目に映る。

「俺は、鳳舞合奏《フェニックスライジング》などというものについて、聞いてなかったぞ」

「だって秘密にしてましたもん。彦根でもそう言ったじゃないですか」

「井伊様から教授されたと言っていたな。だが、なぜおまえだった」

「えっと、そこで僕の方が土方さんよりも鳳舞合奏《フェニックスライジング》を取得する才能があった……とか、おこがましいこと言ってもいいんですか？」

「思っているのならな」

己に不足があるのであれば、精進するのみ。

そもそも総司の天賦の才は、歳三も認めるところなのだ。

それを井伊大老も認めてくれたのであれば、誉れに思うことこの上ない。

口には出さず、そう心の中で呟いていると、なぜか対面の総司が拗ねたように唇を尖らせた。

「ほんと、土方さんって……考えてることがわかるから、たち悪～い……」

「なんだ、はっきり言え。聞こえん」

「……僕の方が、土方さんよりも時間の余裕があったからだと思います！　才能とかも多少あるけど、一番は練習時間でしょ。まぁ、才能の点も否めませんけどね」

不承不承とわかる口調で報告する総司は、嘘を言っているようには見えない。

「結局、鳳舞合奏《フェニックスライジング》で体力を使い切って、帰ったらあれですからね。二人に心配されるし、格好悪いですよ。僕としたことがみっともない」

「次からは、必ず俺か近藤さんに相談しろ、総司」

鳳舞合奏《フェニックスライジング》で精根尽き果てた隊士たちもさることながら、あの日みた総司の顔色は最悪なものだった。余程の天歌《ヘブンズソング》であることは、窺い知れた。

「坂本たち、志士《ロッカー》との戦いが厳しかったのは判る。だが、俺はおまえ一人を前衛に出して、後方で高みの見物などする気はないぞ」

今となっては、鳳舞合奏《フェニックスライジング》に立ち会えなかったことが悔やまれる。

「己の限界以上となるのであれば、鳳舞合奏《フェニックスライジング》は封印すべきだろう。俺では頼りないと思うのであれば、近藤さんには言え。あの人がどれだけ心配したと思う」

「わかりました。……何も言わなくて、すみません」

殊勝に謝ってくる弟分を見れば、歳三の言いたいことは伝わったようだ。

「あまり心配かけるな」

苦笑いをして、総司の頭に手を置いた。

「子ども扱いしないでくださいよ。していいのは、近藤さんだけです」

「おまえは本当に憎たらしいな」

「弟分ってそう言うものらしいですよ、土方さん」

すまし顔の総司の頭を、わざと撫でてやれば、今度は本気で嫌がる声が飛んできた。

いつもの沖田総司であることを再確認し、歳三は胸の中にあったわだかまりが薄まるのを感じていた。

取材が終わっても、本日の歳三の予定は空きにはなっていない。

任務《ライブ》もなく、専属練習《レッスン》もないのだが、余暇を無駄に過ごせるほど新選組副長は暇ではないのだ。

「トシ、来月の公演の予定組が出来たぞ。確認してくれ」

「はい、近藤さん」

局長室で勇と差し向かいに座って早々、渡された書面に目を落とした。

「……近藤さん、また俺の出演割り当てにスミャーが多くなっていますが……」

新選組が雷舞《ライブ》を行う箱《ハウス》は、この京にいくつかある。

四条、三条、烏丸、その中でも島原にある雷舞箱《ライブハウス》・スミャーは集客数もさることながら建物のたたずまいからも、なかなか評判が良い箱《ハウス》だった。

そこは歳三も気に入っている。しかしこれは誰にも漏らしたことがない。

「監督権限で采配してるからなぁ」

「どういうことです」

他人が聞けば、まるで贔屓でもしているような台詞だ。

「トシ、おまえあそこの箱がお気に入りだろう。声の伸び、団主《ダンス》の切れが違うぜ」

思い掛けない返答に目を丸くする。歳三は頭を下げる。

「申し訳ありません、精進します。どんな場所でも最高の演奏をするのが新選組副長として当然のこと。演奏場所に左右されて出来が変わるようでは、我ながら情けない限りです」

反省の弁を延べると、勇が大口を開けて笑った。

「確かに好き嫌いで出来が悪いのなら、俺も叱責するが良くなるに越したことはないだろうが。トシ、おまえは相変わらず固いなぁ」

「場所の違いで良し悪しが出るなど、言語道断でしょうが」

たしかに雷舞箱《ライブハウス》スミャーは歳三のお気に入りだ。

庭の造形は美しく、歳三の趣味であるポエムの創造力が湧いてくる。その上、控え室を担当してくれる、お梅さん（御歳七十八才）は風流人だ。さりげなく一輪挿しを飾ってくれる粋な心遣いには、出演隊士たちもいつも心和まされている。

（そうだ。先日の竜胆《りんどう》もそれは見事な青紫だった）

あれを元に帳面三枚にも渡る長《ロング》ポエムが生まれたのは、歳三の胸をいまだに熱くする。

余談だが、梅さんは歳三秘密のポエム仲間で、ポエムネームを秘密のアプリコットという。

そして、スミャーの音響設備はちょっとだけ良質だ。

「アプリコッ……いえ、スミャーの音響設備は素晴らしいですが、それはそれ。むしろ設備が良いのであれば、下の組にも回してやるべきです。俺や総司はそれに左右されないだけの力がある」

「大丈夫だ、六条が合う組にはそちらの公演数を増やして割り当てている。それにスミャーがトシの組に合っているのは、設備よりも……」

そこで勇はなぜか言葉を句切り、片眉を上げて笑みを浮かべた。

「大丈夫、私心での贔屓でないのは確かだ。いかに可愛い弟分でも俺もわきまえているぞ」

なんだろう。いま、歳三は色々なものを見透かされているような気がした。

ポエム仲間であるアプリコットのことはばれていないはずなのだが……。

「とにかく予定はそれで組んでいる。精進するように」

「はっ」

歳三は頭を下げた。

背中にじわりと浮かぶ冷や汗には気づかぬふりをして、本日の午後の稽古に戻ることにした。


その頃、屯所内では――

「今回も、スミャー多いな。副長の組」

「よかったよかった。副長の機嫌が良いと、沖田さんの機嫌も良いからなぁ」

「機嫌が良いと、沖田さんの調きょ……いや、しごきに熱が入るもんな」

「うんうん！　おざなりにされるよりは！」

「いっそ罵られたい！」

後方団者《バックダンサー》である隊士たちが、廊下に張り出された公演予定表を見て騒いでいた。

そんな彼らの後を、白皙の美貌を持つ青年が気配をなく通り過ぎる。

「スミャーは、ほかよりも居心地が良いから、まぁいいかな。あそこに行くときは土方さんもポエム帳を持っていくから、またこっそり見ちゃおうーっと」

青年は廊下を渡りきると、正門から出て行った。


稽古場で歳三は、不機嫌に眉を歪ませた。

「また総司はサボりか」

「申し訳ありませんっ、副長。先ほどまではいらっしゃったのですが」

「まったく……下に示しの付かんことを」

歳三が奥歯で歯ぎしりをしていると、入隊半年足らずの隊士が手を挙げた。

「あの、俺……、沖田さんから用事があるという言伝を預っております」

「なに？」

折りたたまれた紙片を開いてみれば、そこには確かに総司の手で伝言が残されている。

『相談しろって言われたし、ちゃんと伝えておきますね。ちょっとでかけてきまーす。　総司』

確かに勝手に行動するな、相談しろと言ったのは歳三だ。

「事後報告は意味がないだろうがっ！」

歳三の大声に、隊士たちが首をすくめた。

夕刻となる、酉の上刻。(およそ十七時)

予定が組まれている新選組の隊士は、握手会や早印会《サイン》などの任務に当たる。

任務のないものは、夕食の後、自由時間。

この調整をするのも、総合プロデューサーである勇の仕事だ。

稽古や業務を終えた歳三は、自由時間の現在、玄関から続く廊下で仁王立ちして、周囲の隊士たちの注目を集めていた。

「副長、どうしたんだ……?」

「なんか沖田さんが、帰ってきてないらしくて」

「怒ってるのか!」

「心配してるんだよ、帰りが遅いから」

一人が漏らしたその言葉に、その場にいた隊士たちの心は一つになった。

「おれ、おかあに帰りが遅いと怒られたんだよなぁ……」

「……副長、うちのお母さんだもんな……」

「うん、ごついけど」

「おかあさん……!」

背後から聞こえる隊士たちの会話は、良く聞き取れなかったがおおよそ内容は把握した。

いろいろ言いたいことがあるが、今ここを離れるとその隙を狙って滑り込む人物がいるのだ。

歳三はじっと我慢して待っていた。

「ただいま〜、……うっ！」

玄関を抜け、廊下を歩いてすぐに歳三を見た青年が、顔を強ばらせる。

「総司、稽古をさぼるほどの用事とは何だ？」

「……うう。入隊半年とかの新人たちと僕が揃い稽古って、時間の無駄でしょ」

「先輩隊士として、また一番隊隊長として、おまえには下の者の面倒を見る責があるだろうが。罰として、今週はおまえが風呂掃除だ」

「さぼったのは事実だし、しかたないか……。お風呂掃除ですね、わかりました」

どうも総司はふらりと出かける癖が抜けない。

実力がある分、ある程度の自由は認められるが、それも規律を乱すようでは見逃せないのだ。

総司が部屋に戻るのを見送ってから、歳三はようやく己も自室へと下がる。

障子を閉め、一人になったところで、歳三にようやく安息の時間が訪れる。

懐から携帯している薄い帳面を取り出した。

「よし……、心を落ち着け、よいポエムを作ろう」

庭から聞こえる虫の声と、差し込む月光の中。歳三のポエム帳はその日、三枚も埋まったのだった。


週末。

島原にある雷舞箱《ライブハウス》スミャーでは、新選組の月例公演が行われていた。

「この悲しくも汚れた世界で生きる君たちに、希望の光を授けに来たよ」

照明と共に総司の姿が浮かび上がると、観客たちの喜びの悲鳴が上がった。

不敵に微笑んだ総司は、会場内にゆっくりと視線を這わす。

「会えない日々を、悲しみの涙で埋めていたのはもう終わりだね。さぁ、僕達が今から音楽の天国《ヘブン》へ連れて行ってあげるよ！　一緒に天国においで、僕らの錦上添花《きんじょうてんか》たち！」

『きゃーーっ、沖田さまぁーーっ！』

『愛してるーーっ！』

「――うざ～」

隣から聞こえてきたマイクオフでのぼやきに、歳三は思わず脛を蹴り上げそうになったが、ギリギリで堪えた。不機嫌さをごまかしきれなかった表情に、『ああ、いつも凛々しいわ……土方さまぁっ』との声援があがる。……解せぬ。

総司がしてやったりと、此方に視線を向けてきたのも、また忌々しい。

いいや、ここで怒るのはプロではない。

(耐えろ、歳三。頑張れ、歳三。俺はそんなに心が狭くない)

心の声はしっかりと胸にしまった歳三は、舞台から観客たちを睥睨する。本人は見下ろしているだけのつもりなのだが、

『ああ、土方様のあの冷たいまなざし……っ！』

『ごめんなさい、土方様。私……がんばりますっ！』

視線を向けただけで謝られた。

中には拝んでいる煌《ファン》もいる。

歳三の目つきは、なぜか偉そうオーラと屈服させてやるぜオーラが半端ないと評判なのだ。……解せぬ！

更にしかめっ面になりかかっていると、隣からまたもや囁き声がもたらされる。

「いいんですよ、土方さんはそういうキャラで売ってるんだし。愛想を振りまくのは僕で良いでしょ。面白いな～、外面と中身は正反対なのに、みんな騙されちゃってさ」

「……おまえはもうすこし控えろ」

「はいは～い。土方さんに怒られるのもヤですし、がんばりま～す」

とても軽く返されたが、一応は判っているようだ。

（……年を追う毎に生意気になってくるとは、どういうことだ）

出会ったときから今日まで、総司が生意気でなかったことは一日たりとてない。

しかし、そんな総司も勇には頭が上がらない。拾ってもらった恩義だけでは余りある忠誠心だ。

自分では到底持てない懐の深さが勇にはあるからだろう。

（さすが、俺の近藤さんだ！）

そんなことを考えながら、イントロのメロディを耳で捕らえる。後列団者《バックダンサー》の隊士たちがリズムを刻んで団主《ダンス》を始めた。

中心である歳三と総司が動き出すのは、もう少しタメをとったあとだ。

会場の雰囲気をよりとらえるために視線を向けると、ホールの奥にがっしりとした体躯の影が目に飛び込んできた。

（近藤さん……！　またあんなところで！）

目を見張る。

「あ……っ、近藤さん、またぁ～」

総司からも声が漏れた。

――あんた、総合プロデューサーなんだから、袖あたりでどっしり腰を据えて監督しててくださいよ！

奇しくも、ツインボーカルの心は一つになった。

これを狙って場内にいるんじゃないかと思ってしまうくらいだが、それをぼやく暇無く歳三が動くタイミングが来てしまう。

歳三は雑念を捨てると、観客に向けて大きく腕を振った。

「――今宵も我らの歌と踊りに酔わせてやろう。俺達の奏でる天国《ヘブン》に、身も心も捧げろ！」

それを合図に、色とりどりの照明が舞台を染めた。

『きゃあああ～～～！』

高まる興奮を受け止め、歳三は総司とシンメトリーとなった団主《ダンス》を舞い、ユニゾンで歌い始める。煌《ファン》の熱狂はとどまることを知らぬようだった。

「今日も良かったぞ～」

控え室に、快活な声が響いた。

その声に振り返り、途端に柳眉を逆立てる男たちがいる。

「近藤さん！」

「また会場にいましたね！」

「あそこで見るのが一番いいんだろう」

「そう言う問題じゃありません」

「体裁の問題ですよ。そんなに会場が好きなら、ド真ん前に近藤さんの専用席作らせちゃいますよ」

「ははは、すまんすまん」

「ふふ……っ」

控え室の隅で、小さな笑い声がした。歳三が振り返れば、そこには控え室を整える仕事をする老女がいる。

本日の花は、桔梗だ。美しい花に一瞬心が洗われた。歳三が微笑ましい思いで眼を細めると、隣の総司からは「土方さん、顔が怖いですよ。ちょっと笑ったくらいいいじゃないですか」と的外れの指摘が来た。

「いや、今のは違う。怒ったのではなく、花が……」

「いいえ、新選組の皆さんのお話を耳にして、笑うなど不届き千万。誠に申し訳ありませんでした」

老女は申し訳なさそうに頭を下げると、静かに控え室を出て行こうとする。

（ああ、違うのです、アプリコット……、今のは花が嬉しかっただけなのです）

歳三が心の中で弁解をしていると、扉のところでアプリコットの筆名を持つ老女が振り返る。

小さく頷かれ、歳三は彼女に誤解をされていないことを察した。

ポエムで繋がった二人の付き合いは、歳三が秘しているため公言できない。お梅老女はさりげなく退出してくれたのだろう。


――ああ　美しき心を持つ人よ。

――なれど　それは手に取ってみることは出来ない。

――だが俺の心は　目は　指は　貴女が残したその欠片を掴み取ろう……。


「桔梗の花に……」

「は？　土方さん、桔梗が何ですか？　うわっ、花を咥えないでくださいよ！」

「はっ、しまった……思わず！」

「トシ、大丈夫か？」

勇にまで心配されて、歳三は無意識で咥えていた桔梗の花を一輪挿しに戻した。

「……失礼いたしました、少し……その、空腹で」

さっきまで勇を諭していたのに、締まらない流れになってしまった。

歳三は肩を落とす。

目の前には、総司からそっと饅頭が差し出される始末だ。いたたまれない。

「すまん、後で食う。……それで、近藤さん。わざわざ会場から観客にまみれて見ていたんですから、なにか意見はありますか」

「あ、そうだ」

歳三と総司が、改めて勇に向き合えば、それまで笑っていた男は真面目な顔を作った。

「トシ、触美《サビ》の歌い出しはやはり半拍の更に半分ほど間を置くといいな。楽譜から外れるが、その方が観客の気が高まる」

「……っ。はい、近藤さん」

「総司は楽曲中に問題はないが、イントロの時点から集中するように。たとえポーズで口元を隠していても、気がそぞろであれば歌い出しの締まりが悪い」

「……っ。はい、すみませんでした……近藤さん」

会場にいる局長に、歳三と総司が文句を言い、その後は会場から見た彼らについて勇が的確なアドバイスを入れるのは恒例行事だ。

そこに、部隊から戻ってきた隊士たちが合流すると、簡単な反省会の始まりだ。

「今日の後列は六番隊の二名と、九番隊から三名だったな」

「はいっ！」

五人分の隊士の声が揃う。

「よし、では……」

勇が五人にも細かなアドバイスを入れる間、控え室は局長近藤勇への尊敬の念が溢れていた。


「それではこれで失礼します」

控え室の出入り口で、後列やその他の任務を勤め終えた隊士たちが歳三たちへと頭を下げる。

「ああ、屯所で休め」

「寄り道はいいが、ほどほどにしておけ」

真面目な歳三の後に続く、局長のおおらかな言葉に隊士たちは苦笑を漏らす。

「近藤さん、寄り道を推奨しないでください。主に総司が言質を取ったとばかりに実行するじゃないですか」

「えー」

「ははは」

下の者たちが去ったのを確認して、歳三が文句言ったところで、閉められたはずの扉が再び開く。

忘れ物などという気の緩んだ隊士がいたのかと、振り返りながら叱責の視線を向けると、それを受け止めたのは隻眼の美丈夫だった。

「井伊様！」

「うむ、久方ぶりだな。近藤」

鷹揚に頷いて見せたのは、江戸城、ひいては幕府をとりまとめる大老、井伊直弼その人であった。

歳三は驚きつつも、その場で素早く面を伏せる。

さすがの総司も倣って礼を取っていた。

「お忍びでございますか、井伊様。警護などは……」

「表に待たせておる、安心せい」

ゆっくりと答えた後、喉の奥で押しつぶしたような笑い声が小さく漏れて聞こえてきた。

「昨今は、志士《ロッカー》という不埒な輩が横行跋扈しているからな。いつどこで命を狙い襲ってくるかもしれぬ。油断など出来ようはずもない」

「……は……」

勇の返事が僅かに遅れる。その心境は歳三にもおおよそ察しが付いた。

龍馬たちの性格では、闇討ちなどはありえないだろう。むしろ正々堂々と正面からぶつかってくるような、馬鹿正直な連中である。

（……だが、あくまでもそれは俺の私見。井伊様がご用心されるのは当然だ）

歳三は反論を心の中に納める。

「近藤、沖田も顔を上げよ。本日の雷舞《ライブ》、なかなかの出来であった」

「雷舞《ライブ》まで御照覧いただけたのですか」

「終わりの方のみであったがな。民草たちも、天歌《ヘブンズソング》に聞き惚れ、幕府への心酔も深くなっているようだ。慶喜様もご満足成されるであろう」

「ありがたきお言葉でございます」

勇に倣って、歳三も頭を下げた。

「だが、志士《ロッカー》たちへの対応はいまだ後手に回っていることを、しかと心得よ。これらは新選組の失態であるぞ」

「……はっ。誠に申し訳ございません」

「彦根での一件もな」

直弼の口から出た『彦根』という地名に、歳三は僅かに身を強ばらせた。

(鳳舞合奏《フェニックスライジング》……)

総司へと秘密裡に伝授された天歌《ヘブンズソング》については、弟分から一応の説明は受けた。だが、その危険性を推測すると、歳三は納得し切れていないものがある。

「彦根で奴らの息の根を止められなかったのは、誠に残念なことであった。だが、志士《ロッカー》たちにそれだけの力量があるという判断材料になったのは成果とも言えよう」

疲れ伏していた隊士たち、天歌《ヘブンズソング》で心穏やかになっていたところへロックで揺さぶりをかけられ、疲労困憊の体を見せていた彦根の民草たち、そして隈を作るまで戦った弟分の姿が歳三の脳裏に浮かび上がる。

(……判断材料だと……)

苦々しさがこみあげるが、歳三はそれを無理矢理嚥下した。

勇は広い背中を向けたままだ。この男が怒りを見せぬ場面で、歳三が己の感情を爆発させるわけにはいかない。昔から何度も眺めてきた広い背中を見つめ、ひたすら我慢に努めた。

「――厳しいことも申したが、これも新選組への信頼と期待があってこそ。その点は見誤るでないぞ」

「はっ」

「して、本日の用件は叱責など下らぬこと伝えるためではない」

歳三に生まれた、灰色の種を取り除くような言葉の後、直弼は本題を告げる。

「昨今、志士《ロッカー》たちの活動は一様に活発化しておる。坂本たちを見ても判るように、このままでは各地で反幕府勢力が力を増していくのは必至」

「それは、確かに……」

「奴らの意志を打ち砕き、民草の心を一つにまとめることこそが、この世に平穏をもたらすための道筋。そうは思わぬか、近藤」

「……私は天下泰平を、人々の安寧をなによりも願っております」

「土方、沖田、そなたたちも同じ思いであるな？」

「はっ」

短く答える。直弼は満足げに頷いた。

「民草の心をまとめるため、此度、幕府をあげた催し物を行うこととなった。来月、二条城の庭先にて御前試合《ロイヤルコンサート》を執り行う。新選組は総力を挙げこれに取り組み、見事人民の心を一つにするのだ。そして、これを機に志士《ロッカー》たちの野望を打ち砕け」

歳三は直弼の言葉を重く受け止めた。

破天荒だが、憎めない志士《ロッカー》たちへの私情はもう捨てねばならなかった。

新選組はあくまでも幕府直轄の愛獲《アイドル》なのだ。

歳三と総司は頭を下げ、無言で承伏の意を表したが、なぜか勇からは是の答えが出てこない。

(近藤さん……？)

「志士《ロッカー》たちが目指すのは自由なる世界。……天歌《ヘブンズソング》と相容れぬものではありますが、どうにか手を取り合い……同じ泰平を目指すことは出来ないものでしょうか」

勇の思い掛けない言葉に、息を呑む。

直弼も瞠目した様子を見せ、歳三はひやりとしたものを胃の腑に突き立てられる。

「彼らの思いは熱く、そして純粋です。ただ闇雲に潰すのはいかがかと」

更に続けられた勇の言葉は、はっきりとした注進となっており、歳三は驚きを隠せなかった。

志士《ロッカー》たちへ理解があるようだったが、これほどとは思っていなかった。

総司も驚いているようで、息を呑む声が聞こえる。

(これは……下手をすると手討ちもありえる。そうなったときは、この身に変えても……！)

一瞬で腹をくくった歳三であったが、直弼は面白い物でも見たという様子で静かに唇の端をあげた。

「同じ音楽を愛するものとして、同情や共鳴が生まれるのは致し方ないであろうが、大事なのは天下の泰平であるぞ、近藤」

直弼はゆっくりと告げる。

「徳川幕府は三百年ちかくの長きにわたり、この日の本を治めてきた。その歴史の中では時に非情であり、時に厳しい沙汰があったことも否めない。国と一つにまとめると言うことは、それだけ難しいことだ」

直弼の視線は、歳三と総司にも向けられる。

「だがこれは誰かが被らねばならぬ泥なのだ。我らが将軍慶喜様は、たとえ志士《ロッカー》たちに恨まれようとも、この日本を正しく治めるためにならば、血の涙を流して厳しい決断を下されるだろう。……だが、我はその汚れをあの方に被っていただきたくはない。そのためにならば、我がいかようにも非情に、そして汚れて見せよう」

言葉が胸に突き刺さる。直弼に対して生まれていた反発心は、ゆっくりと消えていった。

大事な者を守りたい気持ちは、歳三は誰よりも理解できた。

思いの強さも負けない。

その対象こそ、今目の前にある。

「……出すぎたことを申しました、井伊様」

勇が深く頭を下げ、歳三と総司も同じく頭を下げた。

「御前試合《ロイヤルコンサート》を任せるぞ、近藤」

「はっ」

間髪入れず戻った答えに、直弼は満足げな様子を見せる。

多忙なる身の大老は二、三の指示を残すと、そのまま去っていった。

「……近藤さん」

三人となってから、歳三は声をかけた。勇はわかっているという様子で苦笑を返した。

「でも言わせていただきます。近藤さんは、すこし志士《ロッカー》たちの肩を持ちすぎです」

彼らの思想はともかく、気質は歳三も嫌いではない。

だが、さきほどの進言はあまりにも危険だった。

「やりすぎだと言いたかろうが……ついな」

勇の懐は深い。行く当てを無くしていた歳三に手を差し出したように、一人で闇に沈もうとしていた総司に寄り添ったように、志士《ロッカー》たちが消滅せずにすむ道を探さずにいられないのだろう。

「志士《ロッカー》は幕府の敵。あいつら個人に付いての感情はこの際、捨ててください。それはそれ、これはこれです」

言い聞かせるように厳しく告げると、隣から小さな声が漏れた。

「よそはよそ、うちはうち……かぁ。土方さん、お母さんみたーい」

「な……っ!」

「ぷっ……」

総司を睨んでいた歳三だが、勇の吹き出した声に、今度はそっちを睨み付ける。

「総司！　おまえは先に帰ってろ！」

「はいはーい。ごめんなさい」

飄々とした様子で控え室を出て行く弟分に毒気を抜かれ、歳三はもう勇へ文句を言う気力もない。

(総司め……、これが狙いか)

『何が何でも近藤派』の性悪一番隊隊長の策略は、どうやら本日も歳三を上回る。

歳三は、帰ってからの鉄拳制裁を決意した。


日の暮れた京の町を、沖田総司はフラフラと歩いていた。

総司は日暮れ時が好きだ。

愛獲《アイドル》として顔の売れている身上として、顔を隠さずとも気にせず歩ける時間ほどありがたいものはない。

だがそれでも、一線を画するオーラは隠しきれない。

総司が歩くと人は自然と道を譲る。

煩わしいのは視線のみと切り捨て歩いていた総司の前に、人影が現れた。

「……貴方は」

驚き息を呑んだ総司に、その男の強烈な視線が呪縛のように絡みつく。

「ぐ……っ、僕は……」

「抗うことは許さぬ、沖田」

その声音、口調、全てが総司を押しつぶしていく。

ここで屈するわけにはいかない。そうなれば、また——

（また……？　また、何だって、言うんだ……？）

思い出そうとすると、途端に思考は黒い霧に覆われていく。

「くくく……っ。我に逆らうこと出来ん。すでにおまえは我の傀儡。体の良い、生け贄なのだからな」

男の声を聞きながら、総司は自我が融けていくのを実感していた。

（……帰りが遅くなったら……怒られるのに……）

そんなことを思いながら、総司の意識はそこで途絶えた。

第二章

CHAPTER.2

BAKUMATSUROCK

第二章

御前試合《ロイヤルコンサート》の開催は、早々に新撰組内へと通達された。

「……というわけで、この雷舞《ライブ》には新撰組よりは四組、準隊士たちから選抜した一組が出演する。それ以外にも、各藩より選出された直轄愛獲《アイドル》も出演する。そのものたちに後れを取ることは、新撰組の名の下においてけしてないように」

「トシや総司を筆頭に、おまえたちを信じている。だから心配はない。こうして我らへ晴れの舞台を与えてくださった徳川幕府のお心に応えるよい演奏を見せてくれ」

「はっ！」

隊士たちの声が揃う。

「それでは、朝の新撰組体操を行う！　――構え！」

歳三の号令で隊士全員が、決めポーズで顔を覆った。

朝食も終わり、朝の訓練の前の一区切り。歳三は屯所の廊下を歩いていた。

小さな庭のようになった区画に、可憐な野の花が咲いている。

「どこからか種が飛んできたか」

雑草ではあるが、可憐な姿に掃除当番も抜くのをためらったのだろう。

「……いいポエムが生まれそうだ」

辺りをそっと見回し、人の気配がないことを確認すると、歳三は懐から心の帳面《メモリーノート》を取り出した。


──かわいい黄色の恋人よ……


「副長ー！」

「っ!!」

すっぱーーん、と帳面を閉じ、目にもとまらぬ勢いで懐にしまい込む。

それと同時に、歳三の前には五番隊隊長である武田が姿を現した。

「なんですか、いまの動き。新しい団主《ダンス》の振り付けかなにかで？」

怪訝そうに首をかしげた男に、歳三は重々しく首を振る。

もちろん両手は隊服の袷をしっかりと押さえている。

「気、にするな……」

してくれるな。

したら……斬る！

「うわっ！　なんで俺は睨まれて……っ？」

「いい、気にしなければおまえの命は無事だ。それよりも、どうした」

「あ……あ、はい。今度の御前試合《ロイヤルコンサート》の組み分けについてですが、少しよろしいでしょうか」

「組み分けは近藤さんが決定することだぞ」

「判っていますし、納得してます。でも土方さんもその際にご一緒されますよね。各隊からの推薦制を提案させていただけませんか？」

「隊長推薦ということか？」

「隊の奴らは、俺達隊長が一番よく判っています。この機会に推してやりたい隊士もおります」

武田は自分の隊から数人の名を上げ、アピールポイントを告げる。

歳三がすでに知っていたり、知らなかったりする内容だった。

「ほう、鹿踊《ししおどり》剣舞か。工藤にはそんな特技があったとはな」

「衣装の派手さもありますが、動きが良いのです。後方団主隊《バックダンサーたい》におりますが、あいつは前方へと押してやりたい。……これらはやはり傍にいる者でなければ判らぬこと。どうか隊長推薦の件、ご一考ください」

「一考しよう。だが、隊長推薦についてはあくまでも俺の頭に留め置くだけと思え。それを決定するのは近藤さんだ」

「副長が言ってくださったら十分ですよ」

武田は人好きのする愛獲笑顔《アイドル》を歳三に向ける。あたりにお花とお星様が舞った。

「……そんな顔は煌向け《ファン》に取っておけ。俺に振る舞ってもなにもでんぞ」

「お小言がもらえますので、十分ご褒美です」

「は？」

「では！」

そのまま爽やかな笑顔で去っていく五番隊隊長の背中を見送りながら、歳三は額にうっすらと汗をかく。

「……まさか、総司のしごきのせいで、あいつら変な趣味に……」

いやない。

無いと信じたい。

「大丈夫だ、俺は仲間を信じる……」

遠い目で外を見る。

黄色いお花が、歳三を慰めるように花弁をゆらしていた。

――だいじょうぶだよー、新選組は、愛獲集団《アイドル》だから、ちょっと個性的なだけ！

黄色のふわふわお花ちゃんはそう言っている（と、歳三は信じた）。

「よし」

気合いを入れなおす。

「あ、副長！」

入れた途端、出鼻をくじくように登場したのは、六番隊隊長である藤堂だった。

「御前試合《ロイヤルコンサート》すごいですね、俺達新撰組からは合計五組でしょう！　出演組《バンド》の半分くらいはうちで占めますよね？　ああ、すごいなぁ」

気が逸ると言って体を揺らす男に、歳三は苦笑を漏らした。

「ぴゃっ！」

同時に藤堂は、体を揺らすどころではない挙動不審な動きをした。

「どうした、藤堂？」

「あー、いえいえ。何でもありません。土方さんの微笑み、レア～、とか思ってません」

「……れあ？」

「いえいえ、マジで何でもないです」

「なんでもないのなら、よいが……」

御前試合《ロイヤルコンサート》への喜びが高まって、なにかはじけてしまったのだろうか。

正直言って、歳三もあの話を聞いた後なんとか自分を律して部屋までは戻ったが、眠る間際の布団の中で、とうとう堪えきれずにガッツポーズをした。

各隊の隊長たちとは普段から話す機会も多く、平隊士たちよりは親密なのだが、同じ目標に挑戦することでさらに親近感を増した気がする。

もちろんそんなことは毛ほどもさとらせることなく、歳三は真面目に藤堂へと語りかける。

「井伊大老よりの直々のお声かけだ。将軍慶喜公の御期待もある。それを裏切るわけにはいかん。だが、御前試合《ロイヤルコンサート》にのみ意識を集中して、普段の雷舞《ライブ》や訓練がおろそかになるのは本末転倒。気を引き締めてあたるように」

「承知いたしました。あ、もちろん志士《ロッカー》たちの見回りにも手を抜きませんよ」

「そうだな。ロックは……敵だ」

この世に平穏をもたらすのが徳川幕府。その幕府に、刃向かうと言うことは、すなわち世の争乱を招こうとすることだ。

(それは許されないことなのだ、坂本……！)

知己とまではいかないが、顔見知り程度にはなってしまった男たちの顔が、歳三の脳裏に浮かぶ。

赤毛の男がマイクを持ち、ギターをかき鳴らす、その姿。

その歌声――

『おお、ヒジゾーさんぜよ～～♪』

「……っ！」

「うわっ、どうしました？　副長、すっごい眉間の皺が！」

男盛りの三十路手前（アラサー、ただし年齢非公開）。硬派で通ってきた歳三がいまだかつて呼ばれたことのない、間抜けなあだ名を思い出し、心の中にある眉間の皺が三本ほど増えただけだ。

「――ロックは敵だ。ああ、紛うことなき敵だ」

「ええ、敵ですけど……、副長、どうしました、目がうつろですよ？」

「あれくらい容赦ない遠慮もない性質でなければ、ロックで天下を変えようとするなど無謀なことを突き通せぬのか……」

「副長？　ちょっと副長ぉー!?」

藤堂の声で歳三は我にかえる。

「……いや、少し下らぬことを考えていただけだ。気を遣わせたな」

「なんでもないなら、オレはいいんですけどね」

藤堂からの心配そうな視線を、首の一降りで振りきる。

志士《ロッカー》たちに惑わされている暇はない。半月後に迫った御前試合《ロイヤルコンサート》を成功させ、天歌《ヘブンズソング》がなによりすばらしいことをしかとこの世に知らしめなければならない。

それが歳三の——なにより勇の望む、平穏な世を造る近道なのだから。

「あー、なんか副長が真面目モードになりましたね。こうなると戻ってこないし、まぁいいか……って、そういえば沖田から副長に言づてがあったんでした」

「は？」

「あ、戻りましたね。効くなぁ、沖田」

「総司がどうした」

「いえいえ、なんでもありません。それよりこれを」

藤堂はにこにこと笑いながら懐よりたたまれた紙片を取り出す。いやな予感がするが、ここで表情を変えるわけにはいかない。

歳三は手渡されたそれを受け取り、重々しく――副長の威厳をたっぷりこめて頷いた。

「それでは、私はこれで」

藤堂が去るのを見届けてから、歳三は総司からの言づてを開く。

『お散歩（消した跡）――買い食（続きを消した跡）――、精神鍛錬のために、京の町を巡回してきます。おみやげ買ってきます。　　あ、近藤さんに。――総司』

歳三は目をカッと開いた。

★

『総司を見た者はすぐさま俺に報告をあげろーーっ!!』

幹部棟から、新撰組副局長である土方歳三の声が響き渡る。

藤堂と武田は隊士待合用の大部屋で聞いた。

他にも訓練時間までの待機をしていた隊士たちもいて、彼らはぎょっとした様子を見せている。よく見れば、挙動不審な者たちはみな若い。正規隊員になる前の準隊士たちだった。

「うわぁ、毎度ながらすごい声量だなあ」

「さすが我らが副長」

暢気な声を上げるのは、正隊士たちだ。

藤堂と武田はお茶をすすっている。

「あの……総司っていうのは沖田隊長のことですよね。いったい、何が……？」

「そのうち、お前らもわかるって。まぁ、副長の発声練習とでも思っておけばいい」

「は、はあ……」

正隊士のとんでもない説明だが、藤堂、武田はその通りだと無言で頷いてやった。

副長が一番隊隊長の悪戯に振り回されるのはいつものこと。

「正隊士の人たちって、もっとピリピリしているのかと思いましたけど、そうでもないんですね」

準隊士がそんなことを漏らした。

ちょうどそのとき、大部屋のふすまが隊で一番の大男によって開けられる。

「ははは！　このあとすぐ、雷舞《ライブ》に向けての鬼の特訓が始まるぞ。今くらい、武田や藤堂を見習い、体を休めておけ」

「えっ？」

「準隊士たちの特訓には俺も立ち会わせてもらう。楽しみにしてるぞ」

「こ、近藤局長っ!?」

うわずった声を上げる準隊士を横目に、武田と藤堂は慣れた様子で頭を下げた。

あっさり去っていく男の背中は広く、かわいそうなのは突然の新撰組トップの登場に驚いた少年たちだろう。

「近藤さんは、新撰組の頂点にいる方だが隊士に気安く接してくれる。下の者にまで色々と目を配ってくださる方なのだ」

「おまえたちもあの人の背中に追いつけるように、がんばれよ」

かけた声に返ってくる声には張りがある。

準隊士たちに広がるのは緊張だけではなく、それを上回るやる気がみなぎっていた。

「これが計算じゃないから、あの人はすごいんだ」

「本当だよ。私も近藤局長のためになら、命を賭ける。……土方さんの受け売りじゃないぞ」

「はいはい、判ってますよ、武田さん」

そんな武田と藤堂がお茶を再びすする。

屯所では土方の沖田を探す声が響いていた。

新撰組の訓練が始まるほんの少し手前の休憩時間。新撰組では、キリキリとしている副長を除いて、皆がのんびりと——だが、御前試合《ロイヤルコンサート》への意気込みを心の奥で燃やしながら——訓練前の時間を満喫している。

それは新撰組でよくある光景だった。

★

「今日も総司は不在か……！」

歳三は訓練場を見回し、渋い顔を作った。

午後の訓練に来てみれば、そこには総司の姿が見あたらないのだ。

「朝はいた……いや、朝飯の後から姿を見ていなかったな」

忙しさで歳三自身も午前の訓練予定がずれていたりする。

総司が不在だったのかどうか、定かではなかった。

「おい、誰か。——藤堂、いいところにいた」

訓練場に現れた八番隊隊長を呼び寄せる。

「沖田ですか？　いやぁ見てないです。……うーん、今日も練習に来ないとなると、ちょっとサボりが多いですよね。元々、沖田は自由気ままなところがあったから、御前試合《ロイヤルコンサート》が決まってもこんなものかと思ってたんですが……三日連続ですか」

藤堂も困惑を隠しきれない様子で呟いている。

すでに御前試合《ロイヤルコンサート》の選抜は終わり、当日に向けて猛特訓が開始されていた。

特に総司は鳳舞合奏《フェニックスライジング》の大曲をトリで披露することとなっているので、重要なポジションなのだが、これでは後方団者《バックダンサー》の練習しかできない。

「副長、大丈夫でしょうか、こんなことで沖田が外されたら……」

「総司は鳳舞合奏《フェニックスライジング》の重要な中央《センター》だ。簡単には外されることはないだろうが……」

下に示しが付かない。

濁した言葉の先は、藤堂に伝わっているようだ。

「彦根では、鳳舞合奏《フェニックスライジング》をやり遂げたんですよね」

「俺はその現場には立ち合えなかったからな。出来は上々とのことだったが」

実際のところ、総司が入った完成型の鳳舞合奏《フェニックスライジング》を屯所で見た者はいないのだ。

「とりあえず、俺も屯所で沖田を見かけたら、声をかけておきます。まぁ、西方の隊長じゃあ、一番隊の隊長を注意をしづらいところもあるんですがね」

「気にせず、言ってやれ」

「ははは。承知いたしました」

苦笑いした藤堂だが、すぐに表情を引き締めた。

「なんだかんだで、沖田は貴方と近藤さんに忠誠を捧げてます。この状況下でここまでサボるのは少しおかしいと俺も思います。何かあるのかもしれませんね」

歳三も心配な気持ちを深めて頷く。丁度その時、背後から声がかかった。

「えー、僕に何があるんですか～？」

「総司!?」

「ですよ～？」

歳三たちが振り返ると、そこには暢気に笑っている総司が立っていた。

「おまえ、午前はどこにいた！」

「持久力強化のために、そこらをぶらぶらと」

「……さぼってたな」

「とも言います。あはは」

暢気な答えに、歳三の額には青筋が浮かぶ。

「まったくもう、心配したぞ、沖田。副長も心配してたし、あんまり勝手に出歩くなよ」

「んもう、口うるさい藤堂さんなんて、土方さん二号みたいですよ」

「総司！」

先輩隊士へ不遜な態度に、とりあえず拳骨を頭に落とす。非常にいい音がして、近くにいた者はぎょっとした顔で振り返っている。藤堂は腹を抱えて笑っている。

わかりやすい仕置きは大事なのだ。だがそれを長引かせるのは良くない。

歳三は気を切り替え――藤堂は、まだ笑っていたが――これからの打ち合わせを始めることにした。

「まぁいい、これから午後の訓練だ。今日こそは揃って鳳舞合奏《フェニックスライジング》を演れ」

「うーん、この後の練習は出来るなら休憩させてもらいたいんだけどなー」

「は？　おまえ、何を言っている」

「ちょっとね、喉の調子が悪くて」

答えた総司の声は、僅かに疲れが滲んでいた。とっさに、眉をしかめていた歳三だったが、総司の様子を見れば、あながち嘘とは思えない。

「おまえ、もしや喉の調子が悪くて最近は練習を抜けていたのか？」

「……いや、そういうことじゃないです。じゃなくて……」

なぜか総司はそこで言葉を切り、僅かな時間目をつぶった。

小さく息を吐き出す。その口から、思いも寄らないものが吐き出されるのを見た。

「……煙……っ？」

煙草などの白い煙ではない。総司の口から漏れたのは、どす黒い霧のようなものだった。

「おい、総司！」

「どうしたんです、副長？」

「いや、いま総司が黒い……煙を……？」

「土方さん。僕は確かにちょっとだけ腹黒いですけど、別に煙を吐き出すほどお腹真っ黒じゃありませんよ。多分」

「多分って何だよ、沖田！」

「いや、だって、多分だし」

「……俺の見間違い……か？」

歳三は首を捻る。もう一度目を凝らしてみたが、さっきのような煙はもう見えなかった。

「とりあえず、鳳舞合奏《フェニックスライジング》ですよね。それなら今のところ仕上がりに問題ないし、あとで後方《バック》を集めてちゃんと合わせますよ。あいつらの特訓も監督しておくんで、もう休んできていいですか？」

総司はまるで肩凝りでもしているかのように、首を左右に動かす。ごまかしているが疲労しているようだった。

「……おまえは大事な中央《センター》だ。潰れたら困る」

「でしょ。じゃあ、ちょっと休んできまーす」

軽く手を振って、総司はあっという間に訓練場から消えてしまう。

それを見送った歳三に、藤堂が労るように肩を叩いてきた。

——だが『お疲れ様です、お母さん』とは、どういう意味だ、藤堂！

★

京の町を見下ろす二条城。

月光を浴びるその廊下には小さな人影があった。

「坂本龍馬達の影響を受けて、各地の志士《ロッカー》が立ち上がったそうだね」

白き衣を纏った小さな人影は、不安そうに城下を見つめる。

その隣に控えていた男が静かに立ち上がった。

「慶喜様」

幼将軍、徳川慶喜は視線を隣の男に戻す。

「予の天歌泰平《ソングオブピースフル》は正しいのかな……、直弼？」

「慶喜様、心を揺らしてはなりませぬ。それが彼奴らめの狙い」

井伊直弼は力強い目で慶喜を見つめると、その首を振った。

「やつらは自由などと言う甘言を振り回して、人心につけ込んでいるのです。自由には責任が伴うもの。しかし万人が果たせるわけではありませぬ」

直弼がそっと慶喜の手を獲る。小さな手は、大人の手の中にすっぽりと包まれてしまった。

じわりと伝わる温かさに、慶喜は僅かに目元を綻ばせる。

「民衆を束ね、苦痛を取り払い、そして泰平を与える。その責は代々徳川家の将軍が担ってきたのです」

「それが予の勤めだったね」

「そうです　慶喜様。あなたにしかできぬこと」

重い責務である。

それが小さな双肩にかかっている。

「慶喜様の天歌泰平《ソングオブピースフル》は、唯一無二。恐れることはなにもございません。貴方様をお守りし、貴方様の望む泰平をこの世に広く浸透させるため、私は存在しているのです」

直弼の視線が城下に向けられる。

「忠誠は私だけにあらず、各藩の大名、武士、それに新選組もおりまする」

「……予は一番、直弼を信頼しているよ」

「ありがたきお言葉」

直弼は静かに頭を垂れた。

「そうだね。直弼がそう言うのであれば、心配することはないよね。……でも」

「でも？」

「超魂《ウルトラソウル》の力を思うと、やはり予は気が気ではないんだ」

「超魂《ウルトラソウル》の真の復活あたわず。坂本らの持つ超魂《ウルトラソウル》、あれはホンの欠片。片魂《ピースソウル》でございますれば、大した力はありませぬ」

「でも、欠片でも……。あの男の歌に心震わされ目覚める者たちが現れるかもしれない。それが予は恐ろしい……。予は坂本の力が恐ろしい。日本は数百年の平穏を崩され、また乱世となるのであろうか」

慶喜は身体を震わせてうつむく。自分さえ聴いてみたいと思ったロックだ。その力が今は恐ろしいのだ。

「ではこうしましょう、慶喜様。坂本達をこちらに取り込み、慶喜様の良いように使えるようにするのです」

「なに？　そんなことが容易く出来るのか？」

「はい、すでに策は練っております」

「そうか、そうか！　これで予はやっと安心出来る！」

慶喜は、己の胸に希望の光が灯るのを感じた。

「坂本が予の味方になる！　なんて素晴らしいんだ」

喜びで胸がいっぱいになった慶喜は、思わず隣に佇む男に抱きついた。

「慶喜様、このようなことは……」

「あっ、ごめん……。ダメだよね……」

「危のうございます。このような欄干のある場所では、もっとお静かになさいませ」

「……すまなかった……」

しょげて離れようとした慶喜だったが、自分の身体に逞しい腕が添えられていて動けないことに気づく。

「ですが、この直弼。慶喜様を受け止めかねて倒れるような無様な真似は、決してご覧にいれません。ですのでご自重いただくよう苦言は呈しますが、いくらでも貴方様をお守りいたしましょう。――慶喜様、どうかご安心を」

優しく告げられる言葉は、顔も覚えていない父母を慶喜に彷彿とさせる。

「うん、……うん。直弼の手は温かだな」

「貴方はこの私がお守りいたします」

静かに、そして優しく時は過ぎる。

しかしそれはこの二条城に限られていた――

★

今日も慌ただしく店じまいをしたアルベルゴ・ディ・テラーダの店内。

「おわっと!?」

――がしゃーん！

男の声と皿の割れる音が見事な二重奏を響かせた。

「ああ～、これは見事にお皿を割ってしまいましたねえ、龍馬くん」

「注意力が散漫なんだ。おい、欠片に気をつけろよ、龍馬。指はギタリストの命だからな。怪我をされちゃかなわねえ」

「わわっ、シンディ。そんなに指を掴んだら、痛いぜよ～」

「心配してやってんだろうが！」

「はいはい、優しいですからね。晋作は」

「メンバーとしての義務だ！　義務！」

彦根から戻って身を隠している龍馬たち三人だが、あいからわずの騒々しさで過ごしていた。

「それにしても、一体どうしたんですか、龍馬くん？　なにもないところで転びそうになるなんて」

「龍馬なら、ありえるだろ」

「シンディー、ひどいぜよ！」

「確かにありえそうですね」

「センセーまで!?　ひどいぜよ～」

尻尾と耳を垂れさせた犬のようになった龍馬を見て、桂が笑う。

「あはは。お登勢さんがいたら、心配して抱擁してくれてたでしょうね」

その言葉で、龍馬が店内を見回す。

「……あれ？　お登勢やんの姿が見えんが？」

「ちょっと買い物に行くと言って出たけれど、言われてみれば帰りが遅いですね……」

桂がそう言ったときだ。

「……おや？」

「おい、桂さん」

緊迫した二人を余所に、龍馬は暢気な顔をしていた。

そこに馬の蹄の音が轟く。

――シュンッ……ザシュッ！

「うごぁっ!?」

テラーダに白羽の矢が打込まれた。

★

京都西本願寺。

新選組の屯所があるその場所は、常に隊士たちの声や楽器の音色、団主《ダンス》の足音、そして叱咤激励の声まで様々な音が響き渡る。

しかし今日、敷地内に轟いた声はいつもと違っていた。

「どういうことですか、近藤さん！」

「伊井様より、直々のお達しだ」

詰め寄る歳三を前に、勇は神妙な顔のまま腕組みをして座していた。

歳三は自分の興奮を自覚していたが、これくらいは許されるはずだ。

それほど伝えられた内容は衝撃的なのだから。

「御前試合《ロイヤルコンサート》に志士《ロッカー》が招かれるなど……、我々への侮辱です」

隊士たちのどれほどが雷舞《ライブ》への思いを抱えて、選抜をくぐり抜けてきたのか、歳三はこの目で見てきた。

「俺は……選ばれずに悔し涙を流した奴らに、志士《ロッカー》たちの出演など伝えられません」

「その報告は俺がするぜ、トシ」

「……っ！　近藤さんにこんないやな役目を押しつけたい訳じゃないっ」

無理だと言ったばかりの口で、それは自分が担うと告げると、勇が太い眉毛をハの字に下げる。

「おまえは貧乏くじをひかなくていい」

「申し訳ありません、先ほどの言葉は俺の甘えでした。副長として言うべき言葉ではなかった」

「幼馴染みの兄貴分としては、甘えてもらって構わないのだが」

「それはそれ、これはこれです」

「そんなんだから、おまえは総司にお母さんだと言われるんだぞ」

「近藤さん！」

声を荒げても、年上の幼馴染みで、現在の上司となった男は笑ってかわすのみだ。

「志士《ロッカー》たちの参加は決まったことだ。今更言っても詮ない」

ここまでとしよう、と勇は打ち切ってしまう。

「最近、総司と顔を合わせていない。どうしているか知っているか？」

「サボりまくりですよ、あいつ。ちょっとお小言……ではなく、叱責をくれてやってください。昔から俺の言うことなど、聞きやしない」

「ははは！　総司はトシに甘えているからな」

「あいつが甘えるのは近藤さんです。俺は無駄に敵愾心《ライバル》をもたれているだけですよ」

それに笑った勇だったが、居住まいを正すと改めて同じことを聞いてくる。

「それで、総司の様子はどうなんだ？」

「総司ですか？　どう、と言われても……」

先日、喉の調子が良くないようなことを言っていたことを告げようか悩む。

だがその翌日は、朝の訓練にもちゃんと出ており、その麗しい歌声は健在だった。

思わず引き込まれるあの歌唱力。努力だけではどうにもならないものを、見せつけてくれた。

少しばかりその才能を羨む気持ちもあるが、それよりも歳三はあの才能を愛おしいと思う。

（……さすがに、翌日だったせいか、いつもほどの伸びはなかったが。だが、素晴らしい天歌《ヘブンズソング》だった）

そう判断して、歳三は勇に答えた。

「総司は、いつもと大して変わりませんよ、近藤さんが叱ってもあのままです」

実際、勇の言葉で総司のサボりが収るのは短期間なのだ。ほとぼりが冷めると、またフラフラと出歩く。

今日はまだ出かける明確な理由があるものの、昨日と一昨日のことを思い返すとため息がこぼれた。

「まったく、あいつときたら。普段ならまだしも、御前試合《ロイヤルコンサート》の前でこうも……」

「トシ。総司の様子がおかしいとかそういうことはないか？」

「え？　……はぁ」

珍しく勇が歳三の言葉を途中から奪う。訊ねてくる顔つきは、いつもよりも真剣みを帯びていた。

「元々掴みどころがないヤツですから」

「ううむ……」

これはやはり喉のことなどを告げるべきだろうか。

もし、自分が総司の立場であれば、歳三から勇への進言はして欲しくないだろう。

そして勇を前に、総司が嘘を貫き通せることなど百回に一回あればいいほうだ。

歳三はそう結論づけて、こう答えた。

「近藤さんらしくもない。何か気になることがあるなら、本人に聞けばいいでしょう」

（出来るだけ庇ってやったぞ、総司。あとは自分から近藤さんに説明しろ）

「それもそうだな。――総司はどこへ行った？」

「総司なら井伊大老に呼ばれて、登城してます。近藤さんもご存じでしょう」

勇が軽く眉をしかめた。

「俺は知らん」

「え？　てっきり近藤さんも承知しているものだと」

それに対して勇はきっぱりと首を振る。その顔からは、すでに笑顔が消えていた。

「トシ、二条城へ行くぞ。ついてこい」

「えっ？　二条城へですか」

まさか帰りを待たないとは。

しかし歳三の困惑を余所に、勇は既に立ち上がり、部屋を出て行こうとしている。

「待ってください、近藤さん。俺も行きます」

付いていかないという選択肢など、歳三にあるはずもなかった。

「オッサンにヒジゾーさん！」

二条城へと向かう通りを駆けていると、思い掛けない声がかかった。

歳三が驚きつつ振り返れば、顔を堂々とさらして現れたのは坂本龍馬だった。

手には岡持があり、どうやら配達の仕事中と見受けられる。

「会えてよかったぜよ！　ここから錦市場にはどうやっていけばええんじゃ。わしは、京の町がまだイマイチ判らん！　またしても迷子ぜよ～」

困っているはずなのに、妙に嬉しそうに訊ねる男をみて、歳三は呆気にとられる。

それに、新選組と志士《ロッカー》たちは敵対しているはずなのだが……

「すまんな。急ぎの用事がなければ、連れて行ってやりたいが、今は方向を教えるだけで勘弁してくれ」

「近藤さん！　なに敵に塩を送っているんですか」

「いやぁ、わしが運んでるのはぴっつあぜよ～。塩じゃない！」

「ははは！　坂本は面白いな」

なんだか頭痛がしてきそうだ。

「あ～っ、龍馬くんがいましたよ、晋作！」

「てめぇ、デリの途中で迷子になるたぁ、どんな間抜……げっ、新選組」

龍馬の後から騒がしい声があがり、志士《ロッカー》仲間である桂小五郎と、高杉晋作まで現れる。

いっそここで成敗してしまいたい気になるが、歳三はどうにか堪える。

「……おやおや、これはどうしましょうかね。御前試合《ロイヤルコンサート》への招待があるので、お尋ね者扱いは無くなっているのだと受け止めていますが？」

眼鏡を少し押し上げて笑みを深める桂は、そうそうに釘を刺してくる。

奥歯を噛みしめた歳三だが、勇は余裕の笑みを帰した。

「そんなに気色ばむな。御前試合《ロイヤルコンサート》での競演が決まっているのだからな。さて、仲間が来たならオマエさんも、もう俺達の道案内は不要だな。少し急いでいるので、失礼するぞ」

「おう、さんきゅーぜよ！　オッサン！」

龍馬のそんな声を背中に受け、歳三たちは再び足早に二条城へと向かった。

★

押しとどめる者たちを蹴散らす勢いで、歳三と勇は二条城の城内を駆けていた。

「困ります！　井伊様に誰も通すなと命じられているのです！」

「危急の用だ。責任は俺が取る。――総司！　どこだ？　総司!!」

「こうなっては新選組と言えども、力尽くでっ」

勇に飛びかかろうとした武士を、歳三は振り抜いた腕で止める。

「ぎゃっ！」

男はそのまま吹き飛び、廊下に転がった。

「我らが局長に、指一本でも触れさせせぬ」

「……このっ！　愛獲風情《アイドル》が生意気なっ」

「それがどうしたっ！」

歌唱力と団主《ダンス》、そして信念で新選組はここまで大きくなってきたのだ。

勇の掲げる理想を、愛獲《アイドル》ということだけで侮辱されるのは、歳三にとって許し難い。

腰の刀に手が伸びると、倒れた男が小さく悲鳴を上げた。

「トシ」

「……っ」

振り返らずとも見えているように諭してくる声に、歳三はギリギリで堪えた。

「構っている暇はねぇよ、トシ」

「はい」

男を横目にさらに城の奥深くへと足を踏み入れる。

幾人かの武士とすれ違うものの、新選組局長と副局長の二人と止められる者などいない。

「……こっちだ、トシ！」

まるで引き寄せられるように、勇はどこかを目指して進む。

それを不思議に思いつつも、歳三はただ着いていくという答えしかない。

こんな風にいつもこの人の背中を追って、走り抜けてきたのだ。

「ここだ！」

勇が重厚な襖の前で止まり、虎が描かれたそれを一気に開け放つ。

「騒がしい。何事だ？」

蝋燭の明りのみが頼りの薄暗い室内。灯に慣れた目では、大老井伊直弼の顔がようやく見える程度。

無駄に豪華であるに違いない調度品など、歳三には見えなかった。

「――失礼つかまつる。新選組局長、近藤勇であります」

「同じく新選組副長、土方歳三……っ」

歳三たちの背後で誰かが直弼へ焦った声をかけていたようだが、そんなものは既に耳に入っていなかった。

「で？　新選組の局長と副長が何の用か？」

「部下の沖田総司を迎えに来ました」

「沖田なら、確かにここにいるが――」

『……うぅぅ』

うめき声でようやく直弼の足もとに目をやった。

まだ暗闇に順応しない瞳は、そこに蹲る人影を見るのみだ。

だが、戸惑いは一瞬。

「総司！」

「……こ、んど、……さ、……じかた、さ……ん」

額を畳に押しつけ呻いているのは、歳三の大事な弟分だった。

「近藤さん、総司の様子が変だ！」

駆け寄ろうとして、なんとか堪えたのは総司があまりにも直弼に近いせいだった。

（あの距離では……一刀でやられる！）

総司を庇い助け出せるならば、己が倒れるのはやぶさかでない。

だがそんなことをすれば、歳三の斜め前に立つ男がどう動くかが考えるまでもなかった。

（あの日つけられた刀傷……！　あの二の舞は踏めんっ。しばし耐えてくれ、総司……！）

心の中で弟分に檄を送りつつ、歳三は直弼との間合いを計っていた。

その間、会話の全ては勇に預ける。

「井伊大老。総司に何をした？　事と場合によっては――」

「剣呑だな、土方。我が沖田になにをしたと？　証拠でもあるのか？」

「証拠？　そんなもの必要ない」

言い切った勇に、歳三も内心で頷く。沖田総司という男は簡単に膝を突くようなことはないのだ。苦しくとも平気な顔で笑顔を浮かべて弱みを見せないのが総司だった。だからこそ始末に負えない弟分なのだから。

「我は、沖田に歌の手ほどきをしたまでだ。疑うのなら本人に聞いてみれば良いだろう」

直弼が蹲った総司の身体を押す。

「う……っ！」

抗うことなくそのまま転がり仰向けになった総司は、歳三たちにうつろな目を向けた。

その様相を見て、我慢を重ねる歳三の心が怒声をあげた。

「手ほどきだと、これが……っ！」

総司は唇の端を噛みきり、薄く血を流してた。

だが歳三たちを見た総司はうっすらと笑ったのだ。

「そうですよぉ……近藤さんも、土方さんも……どうしたんですか？　井伊様の手ほどきを受けると、歌がね……うまくなるんです」

朱い舌が、唇の端の血を舐めとるのを歳三はまばたきもせずに見つめた。

「どんどん、どんどんうまくなっていくのが、わかるんです……。今の僕の歌を聴いたら、勇さんも抗えないんじゃないかな？　うふふ……」

「総司、冗談でも言っていい事と悪い事があるぞ！」

「冗談？　冗談のつもりはないよ、土方さん……」

総司はふらつきながらも立ち上がった。

まるで背後の直弼を守ろうとするように、歳三と勇に向き合った。

歳三は目を見開く。その姿を面白そうに見た直弼は、にやりと笑った。

「くく……っ、面白そうだ。新選組の局長と副長をも泰平化できるとなれば、我が呪いの力もいよいよ完成に近づいたと言うことだ」

「呪いだと!?　やはり総司に何かしたのだな!!」

勇が吠える。だが直弼はただただ笑うのみだ。

「このところの総司の歌はおかしかった。総司の歌は天賦の才だ、民衆が酔いしれ天歌《ヘブンズソング》に傾倒するのも当然……。だが今の総司の歌は、俺が教えた歌じゃない。どこかが違う!!」

隠していた不調はばれていたのか、と歳三は驚く。

だがそれが当然だった。勇は、歳三と総司に歌を与えた人なのだから。

「あ、う……。近藤さん……、ぼくは……僕、は……っ」

「総司、すまん。俺がもっと早くに気づいていれば、大老の策にからめ取られることはなかっただろうに」

「何を言う、近藤。沖田が我が呪いを受け入れたのも、新選組の――いや近藤勇、お前の掲げた理想とやらを実現するためではないか」

「な……っ！」

「故に、沖田を褒めこそすれ責める謂われはない。違うか？」

歳三が思わず足を踏み出せば、それを見越したように総司が直弼との間に入る。

「どけ、総司！」

「だめ……です、よ。土方、さん……、いかせ、ない」

総司がゆっくりと口を開く。切れた唇の端の血が痛々しく、そして禍々しい。

「さぁ……、僕の天歌《ヘブンズソング》を……井伊様から授かった天歌《ヘブンズソング》を聴かせてあげるよ……」

美しい口元から血の筋を流し、総司が天歌《ヘブンズソング》を歌い始めた。

「く……っ！」

その歌は美しく、この世の泰平の願いが込められている。

だが思いの純粋さを上回る、禍々しさに彩られていた。

「なんだ、この天歌《ヘブンズソング》は……っ！」

「総司、無理に頭をこじ開けるようなこんな歌は、おまえが歌うものじゃない……っ。俺が教えたのは、人の世を愛おしむ……ものだろうっ」

「わかってます……でもね、でも……。……ううっ」

苦しむ声を漏らしながらも、総司は歪んだ天歌《ヘブンズソング》を歌う。

（これが……さっき井伊の言っていた呪いなのか!?）

歳三と勇の膝が曲がる。真っ直ぐに立っていられない。総司の歌が魂を食い荒らすように染みこんでくるのだ。「言うことを聞け」というようなその呪いに、勇と歳三は苦しめられていた。

「ははは！　全ての者を従え、思うがままに操る。まさに徳川幕府がこの世を支配するに、相応しい力だ、沖田よ、本望であろう？　貴様の願いが叶う」

「思うがまま……だと？　俺が掲げた理想はそんなものではない！」

勇が顔を上げ、井伊を睨み付ける。

「俺が目指したのは、人が自分の弱さのせいで誰かを傷つけなくていい世界。争いを恐れずに誰もが穏やかに暮らせる世の中だ！　——井伊大老に今一度問う……っ。そのための天歌泰平《ソングオブピースフル》ではなかったのかっ!?」

「……くっ！　フハハハハハハ!!」

「争いのない世界？　穏やかに暮らせる世の中？　そんなお為ごかしを心から信じていたのか？　どこまでもおめでたい男だ。そんなものはな、最初から求めておらぬのだよ」

「何がおかしい！」

勇の目がカッと見開かれる。

「なんだと……？　では、何のためにこんなことを」

「決まっているだろう。──慶喜様のためだ」

直弼が総司を押しのけ、足を進める。

「慶喜様が何者にも脅かされず生きていける世界こそが、正しい世界」

徳川の絶対統治、永遠に続く幕府。そのために天歌泰平《ソングオブピースフル》。

直弼は眼を細め天を仰いだ。その天井の先に何が──誰がいるのか。

「慶喜様のためなら、誰が何人死のうと知ったことではない。慶喜様のために全ての魂を捧げるのだ！」

直弼の宣言の後ろで、総司の歌声はまだ続いていた。

畳に横たわり、瞳だけが不気味に輝く姿は、歳三の知る沖田総司ではない。

「近藤さん。総司は完全に操られている……」

だがどうしたらいい。総司を切って捨てることは、歳三には出来ない。

逡巡する中、勇が立ち上がった。

「総司、お前のため……」

一度、言葉を切った勇だが、続いた言葉には迷いがなかった。

「――斬ってでも止める！　文句は後で聞く！」

「笑止！　茶番はここまでだ、下がるが良い、近藤、土方！」

抜き放たれた白刃が、その薄闇を切り裂いた。

★

新選組屯所の門を、灰色の影を纏った男が潜った。

踏み出す一歩はいつもと変わらないようすだが、よく見ればその足が震えていることに気づく者もいただろう。

しかし残念ながら、彼に声をかける者たちはみな、憧れや羨望のフィルターがその眼にかかっていた。

「沖田さん、おかえりなさいませ」

「おかえりなさいませ！　もう夕飯は出来てます！」

「……あっそ、あとで行くよ～」

唇をあげただけの顔に、誰もがなにも懸念を抱かずにすれ違っていく。

男――沖田総司は、にこやかに見える笑顔を貼り付け屯所の中を進む。

（……クズが……、今の僕を、すんなりと、屯所に入れるな……）

必死で足を返そうとするが、どうしても自分の自由にならない。

なにかが身体の中に入り込み、総司を動かしているのだ。

抗おうと踏みしめる足は、傍目には軽やかに前へと進むものとなっている。

廊下の先に、見知った顔が洗われた。

「ああ、沖田。ようやく帰ってきたのか？　局長と副長がおまえを捜しに出かけたんだぞ」

快活に笑いかけてくる隊士は、総司と同じくチーム名を持った隊の隊長だ。

「……二人には、二条城で、会いましたよ。……斎藤さん」

「二条城!?　伊井様のお呼び出しだったのか？」

「ええ。……志士《ロッカー》たちが出るので、その対策を綿密に……練るそうです」

「ロック対策、そういうことか　面倒くせーなー」

声に釣られたのか、更に別の隊長も現れる。

「突然、雷舞《ライブ》に志士《ロッカー》を出すなんて、なにか考えてるんだとは思っていたが……」

「もしものもしもで局長が志士《ロッカー》に傾倒でもして、我らを裏切ったんじゃないかと、少しだけ心配したぜ」

「――近藤、さんが……、裏切る、わけっ、ないっ!!」

――ダアンっ！

床を踏みしめる大きな音が、あたりに響いた。

「沖田……」

険しい形相を向けた総司に、隊長二人の腰が引けていた。

二条城から続く強い呪縛が、その瞬間だけ霧散した。

だが、それも一時……。

「沖田、すまなかった。俺達の局長に対して、今のは冗談でも言っていい言葉ではなかった」

「……いえ、僕こそ、すみません」

総司は荒い息を吐いた。

再び浸食してきた強い呪いに抗おうとする苦痛の声だと気づく者はいない。

「伊井様……から、素敵な天歌《ヘブンズソング》を授かってきました。……近藤さんと、土方さんが戻る前に、皆さんにも伝授しますよ……」

「面倒くせーなー、まっ、お前が言うならしょうがないか」

「では二人が戻られる前に覚えて、驚かせるか」

「はは……。素敵、ですよね」

総司が笑った唇の端からは、闇が混じった黒い血が滲んでいた。

「では、さっそく!」

「おお!」

二人は隊士を集めると言って、慌ただしく去っていく。

その背中が廊下の端に消えたと同時に、総司は膝を突く。

「……くっ、武田……さん、ダメだ……僕の歌を……伊井の天歌《ヘブンズソング》は呪われて……っ、うっ！」

うめき声を同時に、総司の黒目はぐるりと反転した。

そしてしばらく後、うつろな目で立ち上がる。

「──ふふ……。さぁ、徳川幕府の……慶喜様のための、天歌泰平《ソングオブピースフル》を謳いましょう、みんなで……、ふふふふ」

総司は隊士たちが待つ訓練場へと足を向ける。

御前試合《ロイヤルコンサート》まで残された時間は、あと四日であった。

第三章

CHAPTER.3

BAKUMATSUROCK

第二章

吐き気を伴いながら、歳三の意識は地の底から浮上した。

「う……、ここ、は……」

視界に天井の木目が広がり、自分が仰向けで寝ていることに気づく。

まだぼんやりとする頭を振ると、なにかがぽろぽろと落ちていくような錯覚があった。

実際には、目の揃った質の良い畳が目に入るだけだ。

視線を巡らせると妙な柄の襖が見える。しかしよく見ればそれは襖絵ではなく、襖の手前に作られた頑丈そうな格子だった。

「……ここは座敷牢なのか……ん？　歌……？」

途切れ途切れの歌声に気づき、歌声の主は誰であろうとかと考える。

しばらくして、それが慣れ親しんだ弟分の声だということを思い出す。

（思い出す……？　俺が、一瞬でも、総司の声を忘れたというのか……？）

驚きを覚えている内に、どんどん意識がはっきりとしてくる。

「そうだ、俺は二条城で……井伊に捕まって……」

あれはいつのことだったかと、霞が残る頭で考えていると、冷えた部屋に一人きりであることに気づいた。

「近藤さん……！」

慌てて辺りを見回すが、ここには歳三ひとりであった。

歳三が辺りを見回すのと同時に、歌声が強くなる。

「ぐ……っ、なぜ総司の歌が……」

それは汚泥を脳髄に詰め込まれていくような不快感だった。

「井伊……っ、貴様、総司に何をした……っ！　何をさせているっ」

そして勇は無事なのか。

その不安は、一つの思いが浮かんだことで、僅かに薄れた。

（……あの総司が、近藤さんを裏切るわけがない）

『当り前じゃないですか、土方さん』

総司の声が聞こえた気がした。

『あ、でも土方さんのことも裏切りませんよ。……騙すだけで？』

「だけとはなんだ！」

自分の想像が産んだ総司なのだが、思わず怒りの声を上げてしまう。

だが本物の総司も言いそうなことだ。そう思うと、こんな状況であるのに苦笑いが浮かんだ。

（そうだ……お前は、いつでも生意気で我が儘ばかり言う）

そのくせ、本当に困っているときには甘えない性分だった。

総司に隙があるとすれば、それだ。そこを井伊に突かれたとしか思えない。

一体、総司の身に何があったのかは判らないが、弟分の窮地であれば歳三は兄として助けに行かなければならない。

（待っていろ、総司……。俺と近藤さんが、必ず……）

歳三は畳に爪を立てて意識を保とうとする。

しかしその世界は再び闇に落ちていったのだった。

★

今日からの新しい住まいを中庭の庭先から見上げ、歳三は感慨に耽っていた。

この心の浮き立つ様をどうにか形にして残したい。

やはりこの場合は、あれだ。

（詩《ポエム》だ！）

歳三は懐に手を忍ばせ、詩帳《ポエムノート》に触れた。

「せっかくの庭が土方さんのせいで見えにくいです、近藤さん」

「ははは、そう言ってやるな、総司。多分、トシはいいポエ……いや、わき上がる情熱と創作意欲で胸一杯になってるんだ」

背後から聞こえた声に、歳三は、目にも止まらぬ早業で手を引っ込めた。

「創作って何のことですか？　俺は庭を眺めてただけです」

振り返って返事をすれば、そこには見慣れた男たちが立っている。

「それでもいいですけどね～」

「トシ、オレも一緒に感慨に耽らせてくれ」

総司と勇は歳三の両側に立つと、同じように庭と家屋を見つめた。

生意気な弟分にしては珍しく、素直に感動しているようだ。

先日、壬生組は新選組と名を変え、幕府直轄の愛獲《アイドル》となった。

今までの詰め所としていた家屋では、今後拡大していく新選組という組織《グループ》がまかないきれないだろうと、こうして新たな居場所まで与えていただいた。

勇たちと歩んできた日々を思うと、これで感動できないわけがない。

新選組局長と副長、そして先日大抜擢となった大型新人《ルーキー》の三人の付き合いは長い。

「あ～、屯所が広くなったのはいいけど、住み込みも増えるんですよね。結局、密度は変わらない気がするんだけどなぁ」

「住み込みを増やすための引っ越しだろう。それにおまえは一人部屋だぞ、総司。待遇はいいだろうが」

「近藤さんの弟分って贔屓からじゃなくて、実力で勝ち取った一人部屋ですよ。文句は言わせません」

鼻で笑うところ見ると、すでに一悶着あったようだ。しかし、総司の実力は大舞台《オーディション》で証明されてる。これから歌唱力と人気でねじ伏せるだろう。

何が不満なのか判らずにいると、総司が唇を僅かに尖らせた。

「……だって、土方さんの部屋の方が、近藤さんの部屋に近いじゃないですか」

「俺は副長だからな……」

「知ってますよ」

わかっていても気にくわないらしい。最近では滅多に見せなくなった子供じみた我がままに、歳三と勇は目を合わせ、そして笑った。

「笑いますか！」

「いや……すまん、総司……。うん、まぁ、前よりは離れたなぁ」

「隊を仕切る組長になれば、もっと部屋が局長に近くなるぞ、総司」

「打倒土方さんか……」

ぽつりと漏らされる言葉はなかなか剣呑だが、下からの突き上げがあるほうが刺激があっていい。

「いくらでも受けて立ってやる」

「これは楽しみだな、うんうん」

兄貴分たちの余裕の態度は、総司のお気に召さなかったらしい。

しばらく不機嫌そうにしていたが、ふいにその表情を変えた。

浮かべている笑顔は好青年風だが、歳三には判る。これは悪戯を思いついた時の顔だ。

「近藤さん、近藤さん。質問です。土方さんと僕が、崖の端からぶら下がって絶体絶命の危機に陥ってたら、どうします？」

「二人とも助けるが？」

「うーん、そうじゃなくて、どっちかしか助けられないんですってば」

「二人とも助けるが？」

ぶれない答えに、総司は苦笑いを浮かべた。歳三にも判る、これは聞く相手が悪い。

勇ならばこれ以外の答えがあるわけもないのだ。

すると矛先がなぜか自分に向いた。

「じゃあ、土方さんならどうします？」

歳三だって二人とも助けるだろう。そう答えようとしたが、その前に気になることがあった。

「なぜ崖の上になど行ったんだ。危ないだろう」

「……いや、そこじゃないですよ、気にするところは」

眉をしかめる歳三に、同じく総司も眉をしかめる。

「あのね、細かいことはいいんです。とにかく近藤さんと僕が、崖っぷちになんとかぶら下がってる状態なんです。だけど土方さんは一人しか助けられないんですよ。さぁ、どうします！　あ、二人って回答はさっきの近藤さんで受け付け終了ですからね」

そう言うことなら仕方がないが、それでもまだ疑問が残った。

「なぜ、一人だけしか引きあげられない。俺はそんなに非力じゃない。前提がおかしいだろう」

「それは土方さんの手がふさがってるとか、なにか理由があるでしょ」

「荷物を持っているのか？　だったら、足下に置いて両手を空けたらいいだろう」

むしろその状況で荷物を持ったまま、二人を助けようとするほうがおかしい。

そう答えると、総司がしばし固まった後、わかりやすい作り笑いを浮かべた。なぜか怒りのオーラを感じる。勇は口元を抑えているが、笑い声が漏れていた。

「……わかりました。こだわる土方さんに僕が優しく設定を説明しますね。土方さんは怪我をしていて、片手しか使えないんです。えっと、怪我にも突っ込みそうだから先に設定を決めます。すごい逆むけが出来てるんです。超間抜けだけど土方さんだから、ありえるってことでいいんです。とにかく痛くて片手しか使えないんです」

「どんな逆むけだ、それは」

「深爪も追加です。お間抜けさんなんです」

自分はどれだけ軟弱にさせられるのだ。

憮然となったので、黙り込むことでその憤慨を表した。

「はぁ……」

「おい、総司。なんでおまえがため息をつくんだ」

勇は座り込んで笑っている。……なぜだ。

「ははは！　総司、今日は残念だったな。トシが天然で一枚上手だ」

「ちょっと意地悪して困らせたかっただけなのに、こっちが困らされましたよ……はぁ」

やはりからかわれていたらしい。

「……俺だって二人とも引きあげるって答えたいが、それは却下されたし、質問は妙だし、仕方ないだろうが。ほら近藤さん、いつまで笑ってるんです。あと総司、二人助けるのが駄目なら、おまえは一度崖下に落ちて苦労してこい。獅子は子どもを千尋《せんじん》の谷に突き落とすと言うらしいしな。頑張って上ってこい、いや、この場合は頑張って俺を追い抜かし、近藤さんの隣部屋をもらえるくらいになれ」

「土方さん、むかつきます」

拗ねた口調になった総司に、勇が笑い、歳三も笑った。総司もしばらくしてから、小さく吹き出して笑う。

それは、とある日の穏やかな昼下がりとなった。

ほどなく、勇が呼ばれて家屋へと引っ込むと、その場には歳三と総司が残った。

「そういえば、おまえ大丈夫なのか？」

「なにがです？」

「やっかみが多いのだろう」

総司はちらりと視線だけを寄越す。なかなか生意気な仕草だが、歳三は気にしなかった。

志を同じくする新選組だが、だからこそ競争心が強い部分もある。

「どうってことないですよ。僕の実力を示すことが出来たら、そんな声一瞬で消えますしね。もうすぐある本番の雷舞《ライブ》で見せてやります」

　予想通りの答えを総司が返してきて、歳三は満足感を覚える。

「……と、原田も言っていたな」

「え？　原田さんが？」

　驚きを隠しきれなかった表情で、総司が歳三を見る。

　先日まで、原田は総司にきつく当たっていた先輩格だ。今朝歳三に、生意気な分やる気はあるらしいと報告に来たのだ。認められていることを教えてやらなくても総司ならわかるだろう。

「ふぅん、そうですか」

　気のないそぶりで答える総司だが、その肩から力が抜けているのを見抜く。

　僅かに浮かんだ笑顔の意味を、歳三は理解する。

「近藤さんの見る目は確かだ」

「ええ、良かったです。僕のせいで、近藤さんが何か言われたら、そっちの時は抑えきれる自信がなかったですよ」

　さらりと危ないことを口にする総司だが、歳三はため息は零さなかった。

　総司の立場になったなら、自分も同じことをしでかしそうな自覚があったからだった。

★

「う……」

意識が浮上し、歳三は数度まばたきをした。

なんだか昔の夢を見ていたような気がする。

身じろぎをしようとした。だが身体は僅かにしか動かない。ようやくそこで、異変を悟った。

「……あ……」

口を開き漏れたのは、先ほどの正体不明の声と同じものだった。あれは自分の発した声だったのかと理解し、歳三は乾燥し固まっている舌を、ゆっくり動かした。

意識がはっきりしてくるにつれ、己の置かれている状況も思いだす。

(俺はどれだけの時間、意識を失っていたのだ……?)

口を開けて眠るような習慣は歳三にはない。そんな自分の口内が乾ききるほどなのだから、随分と時は経っているに違いなかった。

起き上がろうとすると、節々も固まっている。

「そ、……し、……んどう、さん……っ」

名を呼び、それらを心の杖代わりにしてなんとか身を起こす。

畳から頬が剥がれるときに、べり、と嫌な音がした。

辺りを見回すと、意識を失う前に見たままの部屋の様子があった。あれから場所は移動させられていないようだ。

そして、途切れなく嫌な音が周囲を取り巻いていることにも気づく。

天歌《ヘブンズソング》であるそれは、歌の合間に甘い声で歳三に語りかけてくる。

――ほら、この歌が聞こえますか？
――ねぇ、色々考えるのって大変でしょう。
――徳川がこの世を平穏に導きます、だから貴方はもう何も考えなくていい。
――この康寧を受け入れれば、与えられるのは至福。
――だから、もう何も考えないで。
――すべて、放棄して
――すべて、預けてくださいね。

（……成らん……！　成らんぞ、俺は……！）

歳三はそう怒鳴ったつもりが、ただ心の中で言葉を作っただけとなっていた。

「井伊……っ」

再び意識が遠くなるのを感じる。

意識を失えば、歌声に練り込まれた甘言に負けそうな気がした。

「総司、おまえ、の……ためにも、俺は屈せぬ……っ」

歳三は部屋を取り囲む格子を睨み付けながら、宣言する。

そこには誰もいないはずなのに、歌声が強まった気がした。


――ほら、この歌が聞こえますか？

――気持ちいいなら、このまま全てをゆだねてください。

――幸せはすぐ貴方にもたらされますよ。


誘いかける声に、緩く頭を振って抵抗する。しかしそれもそう長くは保たない。

歳三は歌に飲まれつつも、また気を失った。

夢を見て、不快感と共に目覚め、歌に抵抗しながら、また意識を失う。

殺す気まではないのか、無理矢理水を含まされて意識を取り戻すときもあった。意識がはっきりすると、それはそれでより一層、総司の歌が明瞭に頭の中へと届いてしまう。

そしてまた、歳三の意識はもうろうとなる。

それを幾度くり返されたか。

何日経ったのか。

抵抗する力がどんどん弱まる中、頭をゆすられた感覚で、歳三は意識を取り戻した。

「う……？」

「……ろ、トシ！」

その声。歳三は反射で目を開いた。

格子の隙間から、太い腕が歳三に伸ばされていた。

襖の向こうは明るく、その姿は逆光で影《シルエット》でしかない。だが、見間違えるはずもなかった。

「こ、んどう……さんっ」

「そうだ、俺だ。近藤勇だぞ」

妙に律儀なその言葉に、歳三は僅かに笑った。

「よし、笑うだけの気は残っているな」

「……あたり、前ですよ」

何でもないことのように答えることが出来た。

不思議だ。意識を失う直前は、あの甘く絡みつく歌声に屈するのではないかと、諦念が高まっていたというのに、勇の姿を見ただけで歳三は力が湧いてくる。

「自力で起きれるか、トシ？」

「……総司のような、寝坊とは違いますよ、俺は……」

生意気なことを言いながらも、なんとか身体を起こす。

勇の元へ無様に這っていくなど出来ない。気力で立ち上がり、格子で阻まれた襖に向かう。

「……ん？　なんですか、これは……」

近くに寄って初めて気がついた。格子には大量の札が貼り付けられていた。

「俺は……怪談の幽霊か何かか」

出る、という噂の宿屋の部屋には、こっそりお札が貼られているのだと、同士の藤堂が酒の席で話を盛り上げていたことを思い出す。まるで封印されるべき妖のような扱いだと、眉間に皺が寄る。

「胸くそ悪い」

札を引きはがそうと手を触れた瞬間。

――ビシィッ！

「っ……！」

指先から鋭い痛みが走った。そして同時に、総司の歌声が響き始める。

「これは……っ」

「やはり札に呪《しゅ》がかけられているらしい。……しかも、呪《しゅ》の元となるものは総司の歌だ」

「なんですって……」

瞠目したが、それで合点もいった。ここにいないはずなのに聞こえ続ける総司の歌声の正体は、この札だったのだろう。

改めて見れば、部屋の壁にも大量の札が貼り付けられていた。

「クソっ。今まで、なぜ気がつかなかった」

「天歌《ヘブンズソング》だ、トシ。俺達の知らぬ、歪んだ天歌《ヘブンズソング》がおまえを襲っていたのだ。……いや、説明は後にしよう。おまえを一刻も早くここから出す」

「ですが、この札が妙な力を発しています。どうしたら……」

「構わん！」

勇はそう言いきると、格子に貼られていた札を引きはがす。

――ジリィッ！

「く……っ！」

「近藤さん！」

僅かに焦げくさい匂いがたつ。札を掴む勇の手から、白煙が上がっているのも見えた。

あわてて歳三も札に手を伸ばすが――

――ビシィィイッ!!

「うわっ！」

さっきよりも激しい痛みが与えられ、札に触れることは出来なかった。

勇は歳三よりも衝撃が少ないのか、見える範囲の札をとにかく剥がしていく。

「く……っ、うおおっ！」

「やめてください、あんたの手が！」

「これくらい……どうってことないぜ、トシ……っ。それに、これで終わりだ！」

最後の一枚を勇が破った。あたりには硬質な音が一つ響き、そして静寂が訪れる。

札は目眩ましの呪も掛けられていたのか、格子にはさっきまで見えなかった扉となる部分が出現していた。

不思議なことに歳三が押してもぴくりとも動かなかったそれは、勇が引くとあっさりと開く。

（俺に対する呪《しゅ》だったのか？　だから、近藤さんには効かなかったか？）

さきほどの札の反応といい、そうとしか思えない。

しかしとにかく外に出るのが先決だ。歳三は小さな作りの格子扉をかがんで抜けると、廊下へと出た。

一瞬目眩に襲われたが、どうにか踏みとどまる。これ以上、勇の前で無様な姿はさらしたくなかった。

「トシ、今日はすでに御前試合《ロイヤルコンサート》の日だ」

「な……っ」

歳三の耳に、歓声とおぼしきものと、天歌《ヘブンズソング》を示す音楽が流れ込んでくる。

今の今まで、この音に気がついていなかった。それもあの呪の札のせいだったのだろう。

「それで総司はっ？」

「……あいつは井伊の呪縛を受けたまま、舞台に上がっているだろう」

勇は平静を保ってそれを告げた。受ける衝撃を慮ってのことだろうが、歳三は言葉もない。

だが、今は立ちつくしてる場合ではない。

すべきことは判っていた。

「近藤さん、総司を止めてやらなければ……！」

★

御前試合《ロイヤルコンサート》は開演前から盛り上がりを見せていた。

招待を受けた龍馬たち三人は、その熱気に当てられる。

「坂本龍馬殿、高杉晋作殿、桂小五郎殿。我が御前試合《ロイヤルコンサート》にようこそ」

「うん？」

声を掛けられた龍馬が振り返ると、そこには柔和に見える男が立っていた。

「あんたがわしらを招待してくれたお人か？」

「そうです。私は井伊直弼。徳川慶喜様の命により、この御前試合《ロイヤルコンサート》を仕切っております」

にこやかな挨拶を受けながらも、龍馬の本能が訴えかける。

（こいつはなんじゃ？　底知れない力をビシビシ感じる……）

「どうかしましたか、坂本殿」

「う、いや……」

答えつつも、龍馬は心の中で首を捻る。

（背筋が寒くなって、尻が[illegible]ヒリしてきた。これは、テラーダで感じたのと同じ感じぜよ……）

そしてその予感は[illegible]程なくして当たるのだった。

控え室で特[illegible]観客席から眺める方がいい。そう決めた龍馬たちはその場から舞台を見ることにし[illegible]消えたりしたものの、雷舞《ライブ》自体は問題なく進む。

舞台上では新選組の沖田総司による独壇場《ソロライブ》が始まろうとしていた。

「およ？　ソウちんだけか？　ヒジゾーさんはどうしたんじゃ？」

「雷舞番付《パンフレット》では、土方くんも出演となっていましたが……？」

「急に怖じ気づいたんじゃねえのか？　主にオレ様にな！」

「あ、晋作はうるさいです」

「はぁ!?」

三人のやりとりの間に、総司の雷舞《ライブ》は進む。観客はその歌声と、華麗なる団主《ダンス》に酔いしれていく。

「……くっ、敵ながらあっぱれですね。天歌《ヘブンズソング》ではありますが、沖田くんの奏でる音楽には人々を熱狂させるだけの力がある」

「ちっ……！　こんなん……どうってことねぇだろ」

「ん？」

その時、龍馬は舞台に不思議なものを見つける。

「黒いもや……？　なんじゃあれは」

気がついたときには、それは既にあたりに広がっている。

「なんじゃっ、観客の周りが変じゃ！」

龍馬は舞台袖に座っている井伊直弼を見た。井伊は口元に扇子を宛がい、何か呟いているように見える。

黒いもやは井伊から生まれていた。

「な……っ！」

『うあああ……っ。うがあああああーーーっ!!』

突如、舞台の中央に立つ総司が苦しみだし、獣のような叫び声をあげる。

「なんじゃ、なんじゃ！　ソウちんの様子がおかしくなったぞ！」

龍馬が見つめる先で、総司の異変は更に深まる。

「真っ黒じゃ！　井伊の気配みたいに真っ黒な気じゃ！　会場中に黒い気がとぐろを巻いているっ！　ソウちんに集まって行くぜよ、こんままじゃソウちんが危ないっ！」

[illegible]考えていられなかった。龍馬はただ総司の身を案じて、一気に舞台へと向かってかけ出していた。

そして微笑んだ[illegible]落ちた総司は、龍馬が近寄るのと同時に立ちあがる。

「トサカくん……[illegible]てくれたんだね僕の歌を聴きに……ふふ」

「ソウちん……？」

「ふふふ　ねぇトサカくん僕の仲間になってよ」

それは邪悪な笑みだった。

「やめじゃ、ソウちん！　お客さんが倒れてるぞ！　それはソウちんにも良くない感じがするんじゃ！」

「僕はやめないよ……トサカくんが倒れるまで。いや……違うかな。歌いたくてたまらないだから歌うんだ」

総司はそう言って、更に歌と団主《ダンス》を続ける。

後方団者《バックダンサー》の隊士たちも、うつろな目で総司に従う。

重なる歌声は、龍馬の頭の中で淀んだ渦となる。

「ぐ……、やめるんじゃ、ソウちん！」

龍馬は必死で声を掛ける。だが総司は龍馬を見ず、どこか遠くを眺めていた。

「……これは僕が歌ってるのかな？　土方さん……近藤さんはどこ……？」

総司は苦しげに頭を振った。

「続けろ、沖田」

舞台袖から井伊の命令が聞こえた。龍馬が振り返ると、彼は両手で印を結びなにかを呟いている。

その周囲にはさきほど龍馬が見た黒いもやが渦を作っていた。

「なんじゃ、あれは……？」

「井伊大老もああ言ってるし……僕は歌うよ」

総司の歌声が増す。

同じく舞台に上がってきた小五郎と晋作も、すぐに総司の歌に押しつぶされそうになる。

「……この力……やはり片魂《ピースソウル》が、狂っているんです」

「なんだそりゃ……っ」

「正確には狂わされている……のでしょう。うぐ……っ、酷い支配力です」

小五郎は今にも嘔吐しそうな様子で、口を押さえる。

それは龍馬も同じだった。

「ソウちんの片魂《ピースソウル》が狂わされてるってなら、それは一体……」

「んなの、考えるまでもないだろーがっ」

晋作が怒鳴り、憎々しげに舞台袖を睨み付ける。

「くくく……」

そこには大老、井伊直弼の姿があった。

★

城内から抜け出るのは、予想よりも易く、だが安易とは言えなかった。

雷舞《ライブ》にかり出されて手薄になっているものの、警備の武士たちは常駐しており、遭遇する度に切り伏せて突き進む。土方はかすり傷ながらも、すでにいくつか刀傷を受けていた。

足がもつれるのを感じ、土方は勇に告げる。

「……くっ、近藤さん、俺のことはいい……、先に進んでください！」

「おまえを置いていけるかっ」

「こっちだ！　いたぞ！」

「……っ！」

先ほどまでとは違った数の足音が響いてきた。

「近藤さん、ここは俺が押しとどめる。その隙に総司を止めてくれ！」

「……トシっ」

「あのまま井伊が総司を好き放題に扱っていたら——あいつは死ぬ！」

あの日、総司の唇の端からこぼれていた血潮が、目の奥に浮かぶ。

真っ白になっていた顔に、その赤は異様なほどに映えていた。

「近藤さん、行けっ!!」

「総司は必ず奪い返す。だからおまえもすぐにオレを追ってこい！」

「ああ」

力強く頷き返し、勇が目と鼻の先の会場まで駆けるのを見送る。

背中が廊下の角に消えたと同時、バタバタとした足音が歳三に迫った。

その音にゆっくりと振り返り、にやりと笑った。

「新選組副長、土方歳三。近藤さんより教えを受けた天然理心流。その眼に焼き付けるがいい」

★

土方が華麗な太刀筋を魅せているころ、雷舞会場《ライブ》では龍馬たちと総司が対峙していた。

「ソウちん、わしの歌を聴いてくれ！　ロックで元のソウちんに戻ろう、なあ、ソウちん」

「がううっ!!　うがあっ!?」

「龍馬くんっ！　沖田くんはもう理性が残っていない！」

「くうっ……まだだ、まだわしは諦めない！　だからソウちんも絶対、諦めるなぁぁぁぁぁっ！」

狂ったが故に圧倒的な力の片魂《ピースソウル》を放つ総司に、龍馬は吹き飛ばされた。それでも這うようにして総司を説得しようとあがく。

だが力の差は歴然としていた。

龍馬の心に諦めが生まれそうになった、その時――

「総司！　俺の声が聞こえるか！」

「が、ぐるる……」

「俺だ、近藤だ。総司、聞こえているなっ？」

舞台には、印象的な白の隊服を来た男が立っていた。

しかしよほどの修羅場を抜けてきたのか、いつもは雪のような白さを誇る隊服は血と土に汚れ、着崩れている。

「遅くなってすまない、総司……。お前を辛い目に合わせたな」

「近藤のオッサン！」

龍馬が名を呼べば、勇はただ不敵に笑った。

「ふふ……。あれだけ何重にも閉じこめたのに破るとはさすが新撰組の局長か」

「トシもいることを忘れたのかい、井伊大老」

勇は総司を背に庇う位置で、直弼に向き直る。

「オレを先に行かせるために警備の武士達と戦っているがな、あいつなら直に追いつく」

「ほお。たかが手駒の分際で愉快な茶番を見せてくれる」

「総司を利用し尽くした貴方を許しはしない……」

憎々しい思いで直弼を睨みながらも、勇は彼にきっぱりと背を向けた。

「だが、今はてめえなんぞに関わるより、総司の方が大切だ!!」

そして黒いもやを生み出しながら、自らももやに侵されていく総司を抱きしめた。

「ぐ、ぐぐ……こ……さん……。だめ、です、あなたまで……っ」

「総司、安心しろ。おまえのことは必ず救う。こんな黒いもんはすぐに払ってやるからな」

「ぐ……ぎ」

先ほどは人語を話せた総司だが、最期の気力をそこで使い果たしたようだ。

耳障りな音の羅列だけを発すれは発するほど浸食する闇は濃度を増し、抱きしめている勇もろとも奈落の底へ道連れにしようとする。

勇はそれに抗うよう歌い始めた。

「おお……っ、オッサン。なんちゅう、声量じゃ！」

「これが新選組局長の実力なんですね」

「なんで引退しやがったんだ、これで……」

驚きの声が龍馬たちが上がるほど、勇のテノールの美声は素晴らしかった。

——大丈夫だ。

——どんな姿になっても総司は総司だからな。

——おまえが戻ってくるまで、何度でも歌うおう。

——俺の魂を震わせて……。

総司への思いが溢れた歌声は、呪われた天歌《ヘブンズソング》に侵されていて観客たちの心も解きはなっていく。勇の愛情が、黒いもやに打ち勝つかに思われた。

「くっ、余計なことを……！　オン……　キリキリバサラ　ウンハッタ……」

「がる……るるっ！」

「ぐはぁ……っ！」

総司が歌い始め、勇はその波動で吹き飛ばされた。

黒い渦が総司を中心として、再び放たれ始めた。

★

追手の武士たちを追い払い、満身創痍に近い状態で歳三は会場に飛び込んだ。

「うぐ……っ、なんだ、この気配は……」

途端に押し寄せてきた不快な黒いもやと聞こえてきた音階に、今にも胃の腑の中身をぶちまけそうになる。

「これは……あの座敷牢で流れていた、総司の……」

そう思って舞台を見れば、そこには勇を突き飛ばす形で歌い続ける総司がいた。

「あの、バカが……！」

残った気力と体力の全てを使い、歳三は走る。

場内の客、警備の武士は総司の歌に囚須状態《トランス》となっており、押しのけるのに対して手間はかからなかった。

だが変わりに見たくなかったものまで、見てしまう。

（うちの者たちまで……っ！）

総司の歌にあわせて踊る後方団者《バックダンサー》たちだけでなく、武田、原田などの組長クラスの隊士たちまでもが、同じように囚須状態《トランス》で身体をゆらしていた。

舞台で勇が倒れていても、誰も傍に駆けつけていない理由がわかった。

「うおおおぉぉぉぉぉっ、総司ーーーーーーーーっ！」

襲い来るもやを振り払い、歳三は舞台に駆け上る。

「あは……、土方さんも、きてくれ、たんですね……。僕の晴れ、舞台を……見に……」

「何を言っている！　早く、正気に戻れ……っ」

勇を助け起こせば、男は真っ青な顔色で歌を歌い始める。

正体不明のもやが、総司から吹き出した。

「総司……！　トシも来てくれたぜ。もう、いいから帰るぞ」

「がるる……っ、だめ、です、僕には……使命が……ぁっ！」

勇が倒れていたとは思えぬ素早さで、総司を抱きしめた。それは再びの抱擁であったが、今会場についたばかりの歳三は知らぬことだ。

「総司、もうやめろ……！」

勇が歌声を響かせる。

「やめ……ろっ、やめろ……！」

腕から逃れようとする総司を、勇は許さない。

歳三は総司が生み出す陰気なもやに驚きつつも、勇の歌声が響くほどにそれが消えていくのを見つめた。

「無茶はいかんっ！　オッサンの魂を黒い気が狙っている！」

「なにっ？」

舞台で蛙のように潰れていた坂本龍馬が、聞き捨てならないことを叫んだ。

だがその言葉の通り、総司のもやは消えるのではなく勇の中に吸い込まれていっているのだ。

「近藤さん、危険だ！」

だが、やめろとは言えない。勇が歌うのを止めれば、総司が食い尽くされるのを歳三は第六感とも言える力で察していた。

「いいんだ俺の魂で総司を救えるのなら安いもんだ、……ぐふぅっ！」

勇の口から、血の霧が舞った。

「近藤さんっ!!」

歳三は悲痛な声を上げる。だが、彼もまた黒いもやに取り囲まれ身動きできない状態にある。ただでさえ、勇を先に逃がすために力の限りを振り絞って、やっとここに辿りついたのだ。

憤懣やるかたない思いに駆られながらも、歳三は膝を突いたその姿のまま、見守ることしかできない。

「……さあ、どれだけでも……俺を攻撃すればいい……っ。すればするだけ、総司は井伊の気から解放されるのだろう、……がはっ……！」

「だったら俺が受ける！　近藤さん、そこを変わってくれ！」

だが勇は動かない。ただ強く総司を抱きしめ、そして歌い続ける。

会場を覆っていた霧も、勇の歌声にひかれるようにして集まってきていた。

「元の姿に戻してやる。安心しろ、総司」

「あた……たかい……あたたかい……です。近藤さん……」

それは不思議な光景だった。黒い気に囲まれ攻撃されているにもかかわらず、ぼんやりとした光が二人の姿を浮かびあがらせる。

「なんでじゃ？　この光は、わしの魂を振るわせるぜよ」

「私の魂も震えていますよ」

「オレ様もだぜ、どういうこった!?」

志士《ロッカー》たちのあげる驚きの声に、歳三は「今更！」と心の中で叫ぶ。近藤勇はひねくれた総司も、堅物の歳三も包み込む大きな男だ。彼の後を付いて行くと決めた、漢なのだから。

勇が歌うと、合わせるように光が瞬くのが見える。うっすらとした光は、その強さをじょじょに増しているようだった。

「近藤さ……ん。僕の汚れきった魂が……暖かく……綺麗になってい、き……ま、……」

「そのままじっとしていろ、総司。俺が助けてやるからな……」

歳三はその時、足音を聞いた。

「茶番にはもう飽きたな。そろそろケリをつけさせてもらおうか」

直弼が舞台袖より出てきていた。

とっさだった。

――シュッ!

「な……っ」

「近藤さんと、総司には、近寄らせん……っ」

不自由な体勢から放った脇差だったが、直弼の足もとへ見事に突き刺さっている。

「近寄れば、次は心の蔵を狙う!!」

歳三の本気を感じ取った直弼の足が止まる。

その間にも、勇の浄化の歌は続いていた。

「なんじゃ、この光は……っ!」

「光だけじゃない、すごいパワーですよ」

「これは何だ……?　オレ様の心臓が燃えてるようだぜ……っ!」

歳三が勇たちを見ると、そこは白い光の繭となっていた。

「近藤さん……っ!?」

「……これは……まさか超魂《ウルトラソウル》の欠片か?　未だ見つからないひとつが、こんな目と鼻の先に落ちていたと言うのか!?」

井伊直弼がそう呟きながら後ずさるのを目の端に捕らえる。

「そうですよ、これはまさに片魂の光《ピースソウル》！」

「おいおいおいっ、新撰組は沖田だけじゃなくて、もう一個持ってたってのかよ！」

「今まで眠っていたのでしょうね。私の時のように……」

志士《ロッカー》たちの声を打ち消すように、直弼が高笑いを発した。

「ははははは……！　これは丁度いい！　近藤が片魂《ピースソウル》の持ち主であったのならば、いっそここで二つまとめて滅してしまうがよい！」

「くそ……っ、動け、俺の足よ……っ！」

歳三は今にも千切れて落ちてしまいな気さえするほど重たくなった両足を動かし、必死に二人の元へといざった。

「土方さん……っ！　近藤さんが。ああっ、どうしよう、僕の受けていた呪いが近藤さんに……っ！」

さっきまで死相が現れていたはずの総司に、生色《せいしょく》が戻っている。

なによりその明瞭な言葉に、彼の心を支配していた呪が弱まったことがわかった。

「土方さん！　お願いです、僕にこれを戻してくださいっ！　このままじゃ近藤さんが死んでしまう！」

「総司っ、落ち着け……っ！」

歳三がそばに寄るのと同時に、勇の身体から力が失われる。

その巨躯を、歳三は最後の力で支えた。

「う……っ！」

足も、腕も、腰も、背中も、胸も、全てが悲鳴を上げた。

だが耐えた。勇を抱えたままゆっくりと座る。

会場に飛び込んだときに見た総司のように、勇は黒いもやに侵されていた。

その中で温かくも優しい光を纏った何かが、輝いているのが見えた。

「近藤さん、近藤さん、目を開けてください……っ、開けろ、開けろよ！」

「……トシ、すまないな。少し、井伊を甘く見ていたようだ……」

「近藤さん、ごめんなさい。僕が罠にかからなければ……僕のせいでこんなっ」

「総司、構わない。おまえは俺の大事な弟だ。兄として……家族として、助けるのは当然だろう」

勇の言葉からは覚悟を決めているのが窺い知れた。

土方はその身体を膝の上に乗せ、最期の温もりを感じる。

「トシ……、頼みがある」

「なん、です……か」

「総司を、頼む。……そして、組の奴らを……、日の本を……どうか、頼む……」

悲しい頼み事に、歳三は叫んだ。

「そんなの、あんたも一緒でなきゃ、ダメだろうがっ!!」

「最期までおまえは……怒りん坊だな。……総司は……トシを頼む……ぞ。そして、お前ら、仲良くしろよ」

これから死出の旅路に向かうとは思えない優しい表情だった。

「……俺は少しだけ、先に行っている。死んだ仲間達のところへ詫びに行かないとな……。おまえたちは……後からゆっくりと……」

ゆっくりとどうしろと言うのだ。

そこで言葉を切った勇は、静かに息を吐き出すと、最期に小さな声でハミングを奏で――事切れた。

「近藤さん、嘘だ。嘘だよね……そんな……っ」

「あああああああーーーっ！」

慟哭が喉から迸った。

堪えていた涙がこぼれ落ち、頬を伝う。

その涙が目をつぶった勇に落ちた、その時。

あたりに閃光が迸った。

それは勇から発せられていた。皆が驚きで声を失う中、その光は一本の太い筋へとまとまり、天を貫くほど伸びると――

「な……っ!?　近藤さんの光が俺に……っ!?」

光は歳三の左肩に目掛けて降ってきたのだ。

「なんじゃああっ？」

「もしかして片魂《ピースソウル》が……移ったんですか？」

「なんだってぇっ！」

龍馬たちの声は歳三の耳を素通りする。光に包まれた歳三は、覚えのある暖かさに包まれていた。

「……近藤さんの……これは、近藤さんの魂の暖かさなのか……？」

歳三を安心させてくれるような、光。まるで近藤勇の魂が片魂《ピースソウル》に移ったようだ。

（あなたから……使命を受け取ったと思ってもいいんでしょうか、近藤さん……）

土方から託された光が、歳三の身体を熱く滾らせていた。

しかしそこまでだった。満身創痍の歳三は、同じく力を使い果たした総司と共に、そこで意識を失ったのだった。

第四章
CHAPTER.4

BAKUMATSUROCK

第四章

黒いと思えるほどの深い闇色の空の下、土手のススキが波打ちざわめいていた。

その中に、立ちつくす人影が一つ。

土方歳三はやり場のない感情を抱え、天を仰いでいた。

「なんで……、……が、死ななきゃ……ならないんだ……よ」

数日前までは、一緒に笑っていたはずの大事な人たちは、歳三の目の前で命を奪われた。

（信じない……信じない……信じたくないっ！）

憤りは渦巻き、怒りは膨らみ、恨みは迸った。

しかし、胸を焼きつくさんがばかりの復讐心は、ぶつける先を歳三から奪っていたのだ。

「……さんを、殺した奴らを、俺はぜったいに許さない……っ。この手で、俺のこの手で、いつかかならず殺してやる……っ！」

どうしたらこのどす黒い感情を昇華できるのか。わめいても憂さは晴れぬ。それどころか更に大きくなって歳三を内部から苛む。

しかしいくら心が荒もうとも、癇癪を起こそうとも、歳三をいなしてくれる人は、もうこの世にいない。

頭を撫でてくれることも、叩いて叱ってくれることも、慰めて笑ってくれることもない。

一陣の風が吹き抜け、歳三の髪を乱した。

五尺（一．五メートル）ほどもあるススキも、もの悲しい音をたてて身体をゆらす。

「あいつらが殺した……。……ど……う、さんを、殺した……っ」

どれだけ上を向いて堪えていても、無理だった。溢れだした涙が頬を流れ始めると、それはもう止めることなど出来ない。涙で歪んだ世界の中、嗚咽を漏らしながら、それでも歳三は空を見上げ続ける。

冴え冴えとした細くて白い月が空には浮かんでいた。

星の瞬きなど、歳三の目には入らない。

「あの月が剣なら――」

あれだけ鋭く尖った月が、この手にあったならば。

「すぐにでもあいつの心の蔵に突き立てて、その命を奪ってやれるのに……っ‼　う、うう……っ」

食いしばった歯の隙間から、うなり声が漏れた。

「うああああぁぁぁぁーっ！」

一人、空に向かって泣き叫ぶ。

それは獣の慟哭であった。

声の限りに叫ぶ歳三の耳には、その時背後から近づいてくる足音を聞き取れないでいた。

しかし気配に気づいた歳三は、手負いの獣よろしくそのまま相手に殴りかかっていた。

――パシッ！

乾いた音が鳴る。

「……っ!?」

「おいおい、急にこれはないだろう」

歳三の拳は、一回り大きな手の平に受け止められていた。

手の平の硬さが、妙に印象的だった。

「ほほぅ、おまえが土方歳三か？」

歳三の手を掴んだ彼は、そう訊ねる。返答などする気もなく、無言のまま取り返そうとした手は、意外な力強さに阻まれた。それに驚きを隠せない。

歳三は、あたりでは負け無しと言われていた。それは負けずきらいの気質のせいでもあったが、純粋に力勝負でもそうだった。そんな歳三が右手を取られたまま、動きを封じられている。信じられないことだ。

思わぬ力強さで拘束しながらも、人が良さそうな笑みを浮かべる彼を、胡散臭い気持ちで見返す。

「なんだ、なんだ。そんなに尖ってるもんじゃないぜ。俺はおまえを取って食いやしない」

深まった笑みは、にかりという音がつきそうに明るい。この暗闇の中には相応しくないほがらかさだ。

だがそんなものに歳三は騙される気はない。

親切めかして近づいてきた人間に裏切られたのは、記憶に新しい。

その裏切りで、歳三の大事な者が命を落としたことまでもを思いだし、胃の腑が潰れるような痛みを思いだした。

「どうした、顔色が悪いぞ？　月の光のせいでそう見えるのかな？」

「……うるさい」

「お、やっとしゃべってくれたな」

歳三はようやく彼の手を振り払った。

「この俺の手を振り払ったか……。さすが噂のバラガキだ」

歳三の好まない呼称が、そいつの口から漏れる。

「一体……あんたは誰だ」

「すまん、そういや名乗ってなかったな」

男は頭をかくと、歳三をしっかりと見据えた。

「俺の名は近藤勇。これからおまえを預ることとなった天然理心流道場のものだ」

近藤勇と名乗る少年は、揺れるスキから頭一つ分だけ抜け出した背丈で歳三を見下ろす。すでに厚みが出はじめているがっしりとした体躯、硬そうで少し跳ねている髪。本来ならば優しげな印象からはほど遠い外見をしているのに、彼からはなぜか穏和な印象を受ける。

（俺よりも……三つか、四つ……上か？）

そう思ったが、もしかしたらもっと近いのか、もしくはもっと離れているのかもしれない。どこか浮世離れした雰囲気のある少年だった。

先日までの歳三ならば、友達になってやろうと思ったかもしれない。だが、ささくれた心を抱えた今では近寄って欲しくない気持ちの方が強い。

歳三は不快感を隠すこともなく、睨み付け、そして押し黙った。

「聞こえてるか？　まぁ、色んな縁でおまえをうちで預ることになった。よろしくな、歳三」

向けられた笑顔は穏やかだ。差し出された右手も、優しげだった。

歳三は勇少年の手をじっと見る。ただひたすら見つめ、そして何も答えなかったが、その間も勇は笑顔のまま手を差し出していた。


自分からはぴくりとも動かなかった歳三だったが、夜道は危ないと主張する勇に、無理矢理の形で連れてこられてしまった。そこは道場が併設された家だった。

裕福にみえるが、歳三の生家のように豪農と呼ばれるほどの大きさでは無い。

単なる生け垣の切れ目が門代わりというような慎ましい作りでもあった。

「ここが、これからおまえの家になるぞ。遠慮しないでくれ」

「……」

「歳三？」

馴れ馴れしく呼ばれたことで、一気に歳三の苛立ちは爆発した。

「うわっ！」

渾身の力で少年の手を振り払うと、ぎりりと睨み付ける。

家などはいるものか。

ここは歳三の家などではない。

そんな憤りを視線に詰め込んでぶつけた。

「うーん、これは困ったなぁ」

少年は言葉通り困った顔で、何度も首を傾ける。

なりは大きいくせに、妙につぶらで純真そうに見える瞳がまたむかついた。

「おーい、勇か？　どうだ、連れてこられたか？」

「ああ、父上。とりあえず連れてはこれましたが……、迎えることが出来たとは言い難いというか」

大人の男が、玄関から顔を覗かせた。

敷地の前で立ちつくしている子ども二人を見て、首を捻っている。

「そんなところにいても仕方ないだろう。夜も更けている、早く家の中に入れてあげなさい」

「と、いうことだ。とりあえず入ろう」

腕を優しく取られた。歳三はそれを振り払う。

「寒いだろう」

また腕を取られたので、振り払った。

「大丈夫だ。俺の家ではおまえをいじめたりしないぞ」

今度は手を取られた。振り払う。

「もちろん、下男として引き取るつもりないぞ」

少し強めに手を握られた。思い切り振り払い、睨み付ける。

少年は眉尻を下げて顔の上で八の字を作った。

歳三はバラガキなどと呼ばれる暴れん坊で名を知られた少年だったが、知性もあった。

だから生家を無くした自分がここを飛び出ても、行く宛てが無いことは承知していた。親戚などの当てがあれば、そちらに引き取られているのだから……。

でも、荒れ狂った心は素直に家に入る気にさせない。

温かく明るい家は歳三が失ったものをまざまざと思い出させたし、なによりも、親切めかして現れた少年も、さっきの大人も信用できる理由がなかった。

「なぁ、家に入らないか？」

今度はどこにも触れず、勇が誘ってきた。

歳三はそれに無言を返し、そして暗い目を家とは反対へと向けるとその場でしゃがみ込んだ。

「おいおい。尻が冷たくなるぞ」

呆れたような声が降ってきたが、もう歳三はそちらを見なかった。

目に入れなければ、気にしなくても良くなるかもしれない。

勇も諦めて歳三から離れるだろう。

そう思って抱えた膝の上に顔を伏せた。家の中には入らず、こうして夜明けを待つつもりだった。

夜が明けたからと言って、どうなるものでもないのはわかっていたが、それくらいしか歳三が待てるものはなかったのだ。

日の出の光が頬に当たり、僅かな温もりと眩しさが歳三に与えられた。しばらくするとそれは頭のてっぺんへと移動し、ゆっくりと反対側の頬を温める。そして熟れた柿のような色を空に掃いて、最後に夜の帳を呼んだ。

暗闇が歳三を覆い始めても、ただ黙って膝を抱えていた。

昨晩のような感情の爆発はとっくになりを納め、ただ大きな虚無感だけが歳三を襲っている。

そして時折、突き上げるような寂寥感が訪れては、歳三に膝を抱きしめさせた。

(どうして、こんなことになってしまったんだ……、どうして……どうして、あいつらは……)

考えるのは、目の前で起こった凄惨な事件のことばかりだ。

悲鳴。血潮。動けない自分。

(……くそっ、くそくそくそぉ……っ!)

足を強く抱え込んだ。ずっと座ったままで身動きしなかったせいか、そんな僅かな動きで膝の関節は異様な痛みを発した。

(これぐらいのことで痛いなんて! ……みんなに比べたら、なんてことないはずなのにっ)

苛立ちが膨らんだが、それも虚無の前には長く続かなかった。

また心が萎んでいき、歳三は膝を抱えたまま、ただ地面を見つめる。

「……　……　……」

遠くで人の声がしたような気がした。ずっと隣に人の気配がするのはわかっていたが、意識をそちらに向けるだけの気力がなかった。

(どうでもいい……)

そう思えたので、無視をした。

いつしかあたりが明るくなり、ほんのり温かくなっていた気がする。だが、歳三はひたすら地面を見つめた。またしばらくすると頬にあたっていた温かさが消え、世界は暗くなっていったようだ。

だが、歳三には、これもまたどうでもいいことだった。

歳三は目を瞑る。喪失感からくる痛みだけが、かろうじて歳三の意識を縫い止めていた。

頬に当たる温かさと、それが消えていく流れがまたくり返された。その間、隣からずっと感じる気配は自然と歳三に馴染んでいた。

頭のてっぺんに水滴が当たる。歳三は沈んでいた意識を浮上させた。

(あめ……)

いつしか、雨が降り出していた。

濡れた衣服の気持ち悪さと、失われていく体温が無意識のうちに歳三の身体を震わせる。

反射で膝を抱きしめて、急な温度変化に構えた。

その時、ふと歳三は顔を上げた。数日ぶりのことだったが、本人にその意識はない。

人一人分ほど開けた距離に、少年があぐらをかいて座っていた。

（……こんどう……？）

勇少年はぼんやりと空を見上げている。横顔からでも判るほどの困惑顔がどうにも滑稽だ。

笑いがこみあげてきて、歳三は慌てて笑みを消した。

（ん？　俺は何を気にしてるんだ……？）

それは、久方ぶりに歳三の頭が動いて考えたことだった。

さび付いていた何かが、歳三の中でゆっくりと動き出す気配がした。

（こいつ、ずっといたのか？）

それに答えるのは、歳三の感覚だ。居た、と答えてくる。

（そうだ。俺はこいつの家にひきとられることになって……それが、どうしても受け付けなくて……）

家に入らず座り込んでいた。

絶望して、全てを拒否していた自分の傍に、勇はただ黙って付いていてくれていたのだ、と気がついた。

（傍に……、こいつが……）

歳三の胸の中で、凍り付いていた心臓が大きく跳ねた。

――ポツ、ポツポツ、ポツ……ポポポ……

突然、雨音が耳に入ってくる。座り込んでいた尻が、じんじんとした痛みを覚え始める。

そして、雨の粒が大きくなった気がした。

「……あ……」

声を出そうとしたらかすれて上手くできなかった。しかしそんな小さいながら声が聞こえただけで、隣の少年は歳三へと顔を向けた。なんとなく、それで口を噤むのは癪に思えた。——思えるだけの感情が、歳三に戻った。

「あ……雨が降ってきた。もう、おまえは、帰れよ」

頑張って、普通の声で言ってやった。

勇は声を掛けられたことに驚くでもなく、普通に返してくる。

「確かに雨だなぁ。でも俺はここにいる。歳三は気にするな」

気にする決まっている。

「雨が降れば寒くなる。……帰れ」

「俺が寒いなら、歳三も寒いだろ」

寒いのは同じはずだが、勇と歳三には決定的に違うことがあった。

「おまえには家がある！」

喉がひりつくのも構わずに怒鳴った。

「家に家族が居るんだろう。心配させるな……」

もう歳三がどんなに欲しても得られないものを、隣の少年は持っているのだ。

気力を失い、ただ終焉が来てくれることを待つだけの自分とは違う。

「うん、俺も家族が心配だなぁ」

「だったら……っ」

「だからここにいるんだ。おまえはもう俺の家族だからな」

勇は朗らかに笑った。出会ってからずっと見せていたおおらかな笑顔だ。

温かいと、歳三はただ素直に思った。

分厚い殻を作っていた心に、小さな亀裂が入る音がした。

それでもまだ、歳三は殻を捨てられない。この殻を捨て家族だと言う勇の言葉に頷くわけにはいかなかった。大切なものは消えてしまって二度と取り戻せないのだから。

「家族……なんかじゃない。俺の家族は……侍に殺された、みんな、だ。もう誰も……いない」

「話は聞いてる」

勇は短く答えた。

豪農として名を馳せていた歳三の家は、つい先日、夜盗によって惨殺された。抵抗する家人の手によってはぎ取られた覆面の下の顔を、歳三は秘かに目撃していた。それは、土方家を数日前に訊ねてきた侍の顔であった。下見だったのだろう。徒党を組んだ悪漢は、後日、仲間を引き連れて凶行に及んだのだ。

それによって歳三の両親、兄弟、住み込んでいた下男下女も含め、皆殺しにあった。生き残ったのは末子であり、物置に身を隠すことが出来た歳三のみだった。

そうして、歳三は天涯孤独となった。ひとりぼっちとなった。

一旦寺に預けられたが、心を閉ざした歳三は一人そこを抜け出した。行く宛てもなくススキ野原へと出かけ、荒れた心のままでいたところに来たのが、あの夜の勇だ。

最初から名前も評判も知っていたのならば、事情も知っているのだろう。

「家族が死ぬと悲しいな、歳三。俺にも姉さんがいたんだが、死んでしまったよ。その後、母上も死んでしまったからな。俺にももう兄弟が居ないんだ」

兄弟全員が大人まで育つのは稀な時世だ。

一家惨殺という歳三はさすがに稀だったが、兄弟が病で亡くなったという勇の境遇はそう珍しいものでもなかった。だが、歳三はその痛みを理解できた。大事な者を亡くす悲しさに、理由は関係ないのだ。

この世に彼らがいない。それが共通する痛みだ。

「おまえは姉の代わりじゃないし、おまえの亡くなってしまった兄弟に俺が代われるもんじゃないがな。でも、新たに兄弟になることは出来るだろう」

「……そんなこと、簡単にできるものか」

「うーん、それもそうかもしれないな。でもなれるかもしれない。俺はなりたいぜ」

前向きな勇の言葉に、歳三は何も答えなかった。どう答えていいか分からなかったのだ。

雨足は強くなってくる。

頭に、肩に、身体に当たる雨粒が痛い。

「これは冷えそうだな。よし、歳三、おまえ俺の温石になれ」

「は？」

拒否する間もなく、勇が距離を詰めると尻が当たるくらいに身体を寄せてきた。

肩を抱き込まれ、何かが頭上から被せられる。

「手ぬぐいだが、無いよりマシだろう」

懐に入れてあったのか、それは体温を吸って温かだった。

しかしそれも一瞬のことで、あっという間に雨と外気が温度を奪い取る。

あとは抱え込まれた身体が、お互いの温度を分け合うのみだ。

（そういえば……今日は一体いつだ……あれからどれくらいたった？）

寒い夜を何度か過ごした憶えがある。だが、その中にはススキ野の記憶も混じっている気がして、正確には何夜が過ぎたのか分からない。

歳三はようやくあたりを見回した。見回すだけの余裕が戻ってきた。

たしか自分は生け垣の前でしゃがみ込んでいたはずだった。しかしどうやらかなり早い時期に、敷地内へと移動させられていたらしい。とは言っても生け垣の内側に入っただけではあるが。

生け垣の中ならば、歳三が人目にさらされることもないし、雨はともかく風はしのげた。

生け垣の内側に入れることが出来るのならば、屋内に入れることだって出来ただろう。

たまに様子を見に来るだけにしておいてもいいはずだ。

だが、勇がそばにいた気配は感じていた。

（……俺の、ためか……？）

面倒な手間をかけてくれた意味は、傷ついていた歳三への思いやり以外の何者でもなかった。それが歳三をあたたかく包んでいる。それに気がついた瞬間、歳三の中で停まったいた感情が一気に動き始めた。

「う、うう……っ」

「泣いていいぞ、気にするな。俺はおまえの兄のつもりだ。弟を受け止めるのが兄だからな。遠慮なんてするな」

「弟なんかじゃ……」

「弟だ。俺はおまえの兄だ」

言い切られた言葉は、歳三に安堵をもたらし、熱いものが腹の奥からこみあげてきた。

「あ、ああ……ああああああぁぁぁーーっ」

嗚咽と慟哭が歳三の喉から放たれる。

「ちくしょう……、ちくしょう……あいつら、……さんをっ」

握った拳を地面に打ち付ける。

「……ど、うさんを……！　が……あさんをっ、にいさん、たちを……殺したっ！　侍たちが殺したんだっ!!」

「ああ……辛かったな、歳三」

「お、れは……絶対にあいつらを許さない……っ、見つけ出して、仇を討ってやるっ!!」

「……そうか」

勇の答えに少しだけ間があったが、歳三に気づく余裕はなかった。

「今は泣きたいだけ泣け。吠えろ。そして、乗り越えて生きろ」

抱き込んだ腕が歳三の背中を叩いた。

もう少し幼い頃、母からそうやってあやされたことを思いだし——また涙が溢れた。

歳三がひとしきり泣きわめき、怨嗟《えんさ》を叫び、ただでさえ枯れていた喉が完全に枯れると勇がたちあがった。

そして歳三の前に手を差し出し、立ち上がるよう促す。

「家に入るぜ、歳三。いや、トシでいいな。トシ、来い。遠慮はいらないんだ。今日からおまえは俺の弟なんだからな！」

勇が笑ったとき、一陣の風が吹いた。

雨の匂いの中、甘いような、饐《す》えたような、言い表しがたいそれに、歳三は思わず正直な感想を口にしてしまう。

「……俺、こんな臭い兄は嫌だ」

「え？　臭……？　え、え……そ、そりゃ五日も風呂に入らずに居れば……。いやでも……そんな、そもそもおまえだって臭うじゃねぇか……」

呆気にとられた顔をした後、困った顔をして、最後にしょんぼり顔になった勇が肩を落とす。

その様子があんまりにもおかしくて。笑いそうになった歳三は、また涙をこぼした。

鼻と涙と垢でぐちゃぐちゃの歳三は、勇に手を引かれ今度こそ家屋に迎え入れられる。

五日ほど庭の隅で野宿をしていた二人は自己申告通りとても臭かったので、その後すぐにお湯を使わされたのは言うまでもない。後年、それは二人のいい思い出となる。

これが天然理心流師範である近藤勇、そして後の新選組局長近藤勇と、その大黒柱を支える片腕として辣腕を振うこととなる、副長、土方歳三との出会いであった。


天然理心流道場の板張りの床は初冬の寒さを直接、門人たちの足に伝えていた。

十代半ばから二十代、年嵩の者で三十代に近い者までが揃う中、年嵩の少年とまだ幼さの残る少年二人が木刀を構え合っていた。

その内の一人である歳三は、目の前の少年を強く睨み付ける。

「かかってこい、トシ」

誘いの声を掛けた少年は、この道場の息子であり、その才能から早くに道場主を継ぐこととなった近藤勇だ。

「やあああっ！」

歳三は声と同時に打込んだが、重くて鈍い音を立てて受け止められてしまう。

跳ねとばすつもりで打込んだ渾身の一撃だっただけに、苛立った。

「ちっ！」

「舌打ちをするな、トシ。礼儀がなってないぞ」

「自称兄」である勇は、普段は無駄におおらかであるが、こと剣術指南となると途端に鬼となる。

地元で暴れん坊を意味するバラガキと呼ばれていた歳三だったが、正式な剣術を使う相手の前ではそんな異名は塵芥と同じだった。

（だけど、礼儀なんか構っていたら、その隙に逃げられる！）

一家の皆殺しを目撃した歳三には絶望しか無かったが、近藤家に引き取られその剣術を見て一筋の光明を得た。商家ではただの暴れん坊にすぎなかった歳三だが、ここは剣術道場なのだ。

「俺は強くなるんだ！」

「そう言うが、今のままでは俺にも勝てんぞ、トシ」

「うるさい！」

打ち合う木刀の音は更に激しくなり、見守る門下生たちの顔色はどんどん悪くなる。

木刀の重さはおよそ三斤（一・八キロ）以上。引き取られてから一月程度で、歳三はそれを容易に振り回せるようになった。十代半ばにも成らぬ歳三の剛力と才能は、門人たちの目にはまるで人外のように映る。

「やああっ！」

「甘いぞ、トシ！」

打ち合う音はそれからも長く続いた。

そんな恐ろしい朝の稽古が終わり、あれやこれやの雑用をしているとあっという間に昼餉の時間となる。門下生たちと共に仕度をしてすませると、また次の雑用が歳三を待っていた。

だが、豪農とはいえ、歳三は所詮農民の出だ。上げ膳据え膳で暮らしてきたわけではないので、引き取られてから課せられた雑用は苦にもならなかった。

それに歳三の生家と比べると、この天然理心流の道場は裕福とは言い難かった。門人は多く、繁盛しているはずなのだが、どうも義を大事にするらしく、それにともない飛んでいく懐のものも多いようだった。

「その最たる者が俺かもな」

なんと言っても自分で食い扶持を稼ぐことも出来ない子どもだ。

せめて出来ることはしなければならないという義務感に駆られ、今日も更なる雑用を引き受け、夕餉用の大根と白菜を受け取りに出ていた。

それらを脇に抱えて歩く姿は、人目を引いた。まだ少年の歳三が持つにはいささか嵩高くそして重量があったからだ。しかし、歳三にとってはいい修行くらいにしか思えない。

それに、あの近藤勇は同じ体格の頃にこれくらい平気で運んでいたと聞いた。

(まだ俺の方が少しばかり身体は小さいが……少しだけだ。あんな奴、すぐに追い抜いてやる)

後年、やっぱり追い抜けなかった体躯に、歳三は少しばかり劣等感《コンプレックス》を抱くのだが、それはどちらかというと憧れや好意の裏返し。しかし、この時点ではまだ純粋なる敵愾心《ライバル》だった。

大根と白菜を両脇に発奮しつつ歳三は家路を急ぐ。

そんな時、通り過ぎようとしたひとけのない路地の奥で、歳三に背を向け歩き去っていこうとする数人の人影が見えた。

一瞬で、喉が干上がった。歳三は目を爛々と輝かせると、荷物を放り出し駆け出す。

「……あいつらは……っ！」

その声を拾い上げた者は誰もいなかった。

背中と腹にくわえられる衝撃をかわすため、歳三は身を丸くして蹲っているしかなかった。

「ったく、なんなんだ、このガキは！」

「知るかよ。急に殴りかかってきやがって、びっくりしたぜ」

「ガキの恨みを買った記憶なんてなぁ」

「ありすぎてわからねえよな、あははっ」

頭上で交わされる会話を、耳鳴りの合間に聞き取る。

後ろ姿が、あの夜襲ってきた侍にそっくりだったのだ。

しかし殴りかかって振り向かせれば、男の面相は似つかぬもの。完全に人違いだった。

驚いた直後に、歳三は男の仲間たちの暴力に曝された。自業自得ではあるが、謝罪もしない生意気な餓鬼は彼らから容赦というものを奪ってしまう。彼らの話を聞けば、歳三の恨みこそ買ってはいないが、身に覚えがあることは山ほどあるようだ。

（……だったら、ここで俺がこいつらを叩きのめしても、いいんじゃないか……？）

人の恨みを買う憶えがあるような奴らは、いつかもっと酷いことをするかもしれない。

歳三の一家を襲ったように、獣になるかもしれないのだ。

まだ幼い心に憎しみの炎が灯る。

（父さん……母さん、兄さん……。そうだ、こいつはいつかみんなの敵《かたき》になるに違いない……）

間断ない暴力に翻弄される中、歳三の心は危ういところへと転げ落ちていく。

歳三は頭を庇いながらも、あたりを観察した。ひとけのない小路地には塵となるものがたくさん散らばっていた。薄汚れた心張り棒はどこかの長屋で使われなくなり、うち捨てられたものだろう。

（あれなら木刀代わりになる……か？）

歳三は隙を窺う。

「おい、これくらいにしておくか」

「そうだな。……餓鬼、次からはむやみに人を襲うんじゃねーぞっ」

拳がおさまった瞬間だった。

「おい、何をしている！」

「あぁ？　なんだおまえは」

「な……」

歳三は身を起こす手前の姿で、固まった。

ひとけのない路地に現れた少年は硬い声を出した。

「俺はそいつの兄だ。どうして弟がこんな目に合っている」

「ああ？　このクソ坊主が急に襲いかかってきたんだよ、見ろこのアザ」

恫喝に近い声を出していた勇だったが、男の一人が腫れた腕を見せると、地面に転がる歳三に目を向けた。

事実なので小さく頷くと、形の良い眉が僅かに下がった。それだけだった。

「……どうやら、弟が先に手を出したらしい。誠に申し訳ないことをした。弟に代わってお詫びする」

その場で勇が深く頭を下げた。

「兄貴の方はわかってるじゃねえか」

「だけど、弟の方が生意気だよな。このままじゃ、こっちの腹の虫が治まらねえ」

「そうだな。親を呼んでこい。そんで詫び賃を出してもらおうか」

「おおっ、いいな！」

くだらないやりとりが頭上で交わされ、歳三の視線は心張り棒に向かう。だが、それを素早く見とがめた勇に視線で止められた。どうして止めるのだ。歳三が切っ掛けではあるが、すでにこいつはただの集《たか》りであることは明白だ。

「うちの弟が負わせた怪我に治療が必要ならば、知り合いの医者を紹介しよう。必要な手当もする。それでいいだろう」

「おい、坊主。こっちはそんなんじゃ納得しねえよ」

「いいから親呼んでこい。……いや、こっちから行ってやるぞ」

「うちはやめておいた方がいいぞ」

「親は顔も見せられないのか？」

「迷惑を掛けてしまって、本当に申し訳ない。弟には良く言って聞かせるから、今日はゆるしてもらえないか？」

「詫びだけですむわけないだろうが！」

下手にでる勇の態度と、体格こそいいもののあきらかに年若の姿に、男たちは増長していく。

（ち……っ、見るからに身を崩した奴らじゃないか。なんで、こんな奴らにへいこらするんだ……！）

勇の実力ならば、さっさとやっつけるくらいは簡単だろう。

話をしている方が無駄だ。一発殴ってこちらの強さを見せつければいい。

（だとしたら、むしろこいつが邪魔だな……）

歳三は勇の隙を探る。

「そーいや、こいつら顔とか似てねえな。ああ！　こっちのクソガキは貰いっ子かなんかか」

「そういうことか。どうせ禄でもない親んとこに生まれて、扱いきれずに捨てられたんだろうよ！」

「……っ！」

痛みを忘れて、歳三は跳ね起きた。

「俺の父さんたちを……っ!!」

掴みかかろうとした歳三は、それよりも素早く動いた勇の腕に阻まれる。

突き飛ばす勢いで背中の方へと押しやられると、勇が低い声を出す。

「……弟が無礼をしたのは詫びる。だが、親を持ち出すのはおかしいぜ。禄でもない？　捨てた？　なぜそうなる。こいつはしっかりとした親に育てられ、家族を愛する優しい子だ。確かに俺との血のつながりはないが、それでもこいつは正真正銘、俺の弟だ。その弟の家族を馬鹿にするならば……聞き捨てられねぇ。弟のしたことは謝るが、弟と、弟の親への暴言は謝ってもらおう！」

男たちの肩を過ぎたあたりまでしかない背丈の少年が、まるで仁王の様な迫力を放っていた。

勇の発する気に臆しかけた男たちだったが、とっさに自尊心が勝ったのだろう。

「うるせぇ！」

殴りかかってきた相手の手を勇はさっと払いのける。

男はそれだけで均衡を失い、たたらを踏んだ。

「な……っ！」

「手を出したのはそっちだぞ」

「生意気なことを……！」

再び男が勇に殴りかかるが、それは難なくかわされた。

そして、そのまま流すようにして勇の後へと投げられてしまう。

ちょうど歳三の真横で、男は蛙のようにひっくり返っていた。思わず、呆気にとられて見下ろしてしまう。

「うわぁ〜っ！」

そちらに気を取られている隙に、次の男は戸板に突っ込んでいた。立てかけられていたそれが倒れるのに巻き込まれて無様に下敷きとなる。

それからはあっという間だった。

襲ってきた相手を、勇は身をかわし引き倒すだけでやっつけてしまう。

「これであいこだな」

そう言って快活に笑った勇は、痛みで動けぬ歳三を負ぶると路地を後にした。


白菜と大根は、なぜか勇が拾っていた。

どうやら目立つ姿だった歳三が、食べものを放り出して駆け出したあたりで、勇の元へと連絡が飛んでいったようだった。このあたりでどれほど天然理心流の道場が知られているのかよくわかる。

両手に白菜と大根の束を持ちつつ、歳三も負ぶるという離れ業をしてのける勇の剛力には、もう驚くこともできない。そのまま素直に負ぶわれている歳三に、勇は尋ねる。

「さっきの奴ら、身を持ち崩した侍のような姿だったな。誰かと見間違ったのか？」

「…………」

答えないことが、答えになってしまっていた。

「おまえ、さっきあいつらを剣術で叩きのめそうとしてただろう。うちで剣を習うのはそのためか？」

歳三はやはり答えない。そして、それもまた答えとなっていた。

「おまえは腕っ節よりも、先に心を鍛えないと駄目だなぁ。ちょっと怒りん坊すぎるぞ」

「ぼ……っ!? 坊ってなんだっ！ ガキ扱いするな！」

「なんだ元気じゃないか。ははは！」

勇が笑うと背中が揺れて、歳三も揺れた。

「なぁ、トシ。剣は憎しみのために手にするものじゃない。正義を貫くためにあるんだ」

「……だけど、俺の父さんと、母さんは……っ」

「さっきのおまえは私怨と八つ当たりで動いていただろう。それは間違ってるぜ」

歳三は言葉に詰まった。

「俺はおまえに剣を教える。だがそれはおまえが優しく、そして強い心を持つためのもんだ」

勝手にそう思っていればいい、と歳三は心の中で思う。

いくら勇が諫めても、歳三は仇を討つために剣を手にする。その力を我がものとする。……してやるのだ。

「おまえが間違えそうになったら、俺はいつだって止めに入る」

そんなこと出来るはずもない。

「弟の不始末は兄が尻ぬぐいするもんだって相場が決まってるしな。だから気にするな。……ん〜、まぁ、多少は気にして欲しいがなぁ」

暢気なことを抜かす勇の背にしがみつきながら、歳三はどんどん嫌な痛みが胸を押さえてつけてくるのを感じていた。

何なのだ、この男は。

こんな風に優しくしてもらえる意味がわからない。

怒ってもらえる意味がわからない。

「……あんた、そんな風に誰でも信用していたら、いつかでっかく騙される……ぜ」

「そうなんだ。俺はそこが危ういらしい。でもトシが来てくれたから、これからは安心だ。おまえはしっかりしてそうだしな。頼りにしてるぜ！」

勝手に信頼されてしまい、歳三は呆気にとられる。

それと同時に胸の痛みがどんどん強くなるのも感じた。

それは胸から喉を上がって、そこから一気に歳三の目を熱くした。

「う……っ、ぐぅ、うう……」

こみあげてきたものを必死でかみ殺す。それでも抑えきれず、瞳からは涙がこぼれた。

歳三の家族は、あの夜一度全てを失った。

バラガキと言われて問題児でもあった歳三を、愛してくれた家族は消えた。

あの優しい時間はもう二度と手に入らないと思っていたのに、あれから一ヶ月もしないうちに歳三はこうして優しく負ぶわれている。

勇がくれようとしている愛情を受け取ったら、消えた家族を捨ててしまう様な気がしていたことに、今更ながらに気づく。

でも、もういいだろうか。

勇を家族のように慕ってもいいだろうか。

「うう……っ、ううっ」

泣き声は隠しきれなかった。でも勇は気づかぬふりで、負ぶった歳三をあやすようにして抱え直す。

――んんっ。……ら、らら……

勇は小さく咳払いをしてから、詩のない歌を歌い始めた。

すでに声変わりをすませ低くなっている少年の声は、存外に美しく、歳三を驚かせた。

それが歳三の泣き声を隠すためであることは、尋ねずとも伝わってくる。

どこまでお人好しなのかと思うと、よけいに涙が止まらなくなった。

「……それ、なんか、詞……があるほうが、いい」

「即興だからなぁ、詞はないんだ。なんだったらおまえが考えてくれ」

そう言って、また勇は歌詞のない歌を歌う。

なんとか歳三の息が落ち着き始めると、ようやく勇が話しかけてきた。

「帰ったら手当をするぞ、トシ」

「……ありがとう」

そう言ってから、勇の肩に掛けていた手に力を込める。

歳三を支える腕が答えるようにゆらされ、また耳と心に心地よい歌声が聞こえてきた。

天然理心流の道場は、今日も朝から気合いの入ったかけ声と、打ち合う音が聞こえていた。

「やあーーっ！」

「たあぁぁーーっ！」

木刀を構えた門人が、二人がかりで一人の青年に打ちかかる。

「……むんっ！　はぁっ！」

青年は己の手にしていた木刀で一本を弾き、返す手で二本目を受け止める。それも束の間、二本目の木刀もはじき飛ばされた。かかってきていた門人はその勢いで尻餅をついた。

見守っていたほかの者たちから、感嘆のため息がでる。

「あのガキがここまでになるとはなぁ」

「こないだ初めて勇さんから一本取ったしな」

「いやぁ、でも勇さんにはまだまだだぞ」

「そりゃそうだろ。なにせ十代半ばで先代から道場を継いだくらいだぞ、勇さんは」

「たいしたもんだよな、勇さんは」

道場主を賞賛する声は後を絶たないが、それは身内びいきからでるものではない。

道場の若き主である近藤勇の実力は確かだった。周囲の評判もいい。それとは裏腹に、道場自体は大規模なものではないのが距離の近さを感じさせ、また門人の心をくすぐるのだ。

（オレたちで兄貴……いや、勇さんを盛り立てなくちゃな……！）

師範を兄貴呼びはいただけない。しかし、勇はみんなの心の兄貴なのだ。

困っているものには手をさしのべ、悪いものにも誠意を持って体当たりする。

門人の中には、勇に躾けられて改心した者もいるのだ。

その間にも、さきほど跳ねとばされた門人は立ちあがって青年に再び向かっている。最初に弾かれた男も、木刀を拾って構えていた。本来ならば弾かれた時点で負けであるが、これは手合わせであっても訓練なので制止が入るまで続けるのだ。そうして打ち合う音が響くこと、数十回。受け止める青年こそしっかりと立っているが、掛る二人にふらつきが目立つようになった。

「そこまで！」

静かに見守っていた道場主、近藤勇の声が響くと、ようやく変則的な打ち込みは終わりを告げられた。

「右脇が甘いぞ、だから木刀を弾かれるんだ。おまえは、踏み込みの甘さだな」

勇が的確な指摘を与えると、門人たちは嬉しそうにそれを聞く。

一通り注意を与えると、勇は青年に向き合った。

「よし、それじゃあ次はおまえが相手だ、トシ」

「もちろん、そのつもりですよ、近藤さん」

青年――土方歳三は楽しげに眼を細め木刀を構えた。

「――参る！」

「はあっ！」

勇の鋭い太刀筋が歳三を襲う。それを跳ね返すと同時に、胴へと打ち込む。

「させん！」

目にも止まらぬ早業で戻った勇の木刀が、歳三を止める。

そしてにやりと笑った男は、小さく歌を歌い始めた。

「……余裕ですね、はぁっ！」

「おまえとの稽古が一番楽しいからな！」

そう言って打ち合いながら、歳三も勇と同じく歌い始める。

高揚する心は、打ち合いだけでは昇華しきれない。

その熱情《パッション》が歌いながら手合わせとなったのは、いつからだったか。

歳三は目を輝かせながら、歌い、木刀を振るった。

「うわぁ、とうとう歌い始めたぜ、勇さんと土方」

「あの二人が歌い出すと、半端無いことなるんだ……、もしものときは逃げろよっ」

「でも、この歌……すげえ。二人の立ち会いもすげえんだ。見逃すなんてできないだろ！」

「……ちくしょう、そうなんだよ！　ああ、すげえ！」

門人たちが興奮で沸き立つ中、天然理心流の道場には激しい打ち合いの音と、そして聞く者の心を震わせずにいられない歌声が響いていた。

朝の鍛錬が終わったところで、歳三は勇の部屋へと向かった。

「近藤さん、月末の支払いのことでちょっと相談があるんですけど」

「う……。やっぱり足りないか」

「足りませんね」

歳三が、この天然理心流の道場に引き取られて早数年。始めこそ突っ掛かっていた歳三だったが、今はこの道場を担う大事な片翼となっている。勇をその持ち前の賢さで支えていたのだ。

「いや多分、何とかなるぞ」

「なりませんって。先月もそれを言いましたよね。言ってどうにもなりそうになくて、慌てましたよね」

「だがなぁ。あの夫婦は困っていたんだ」

行き倒れた旅の若夫婦を拾い、医者まで呼んで面倒を見てやったあげく、返済期限を設けないで路銀を渡してしまったのは、今月の頭のことだ。

事情は変われど似た感じのことは、しょっちゅう起こる。困った人に手をさしのべるのは勇の癖のようなものなのだ。その流れの一つで引き取られた元厄介者の筆頭が歳三なのだから、疑うまでもない。

「だが、あの夫婦は病身の大叔母に会いに行けそうじゃないか。よかったよ」

勇は我が事のように嬉しそうにしている。

実際のところ、こうした勇の振る舞いはすぐには芽吹かずとも、数ヶ月、時には数年越しで恩返しとして戻ってくることが多い。これはもう、人柄だ。そうとしかいえない。

若夫婦からも、もしかしたら時を経て路銀は戻ってくるかもしれないが、目下、今月末の支払いには間に合わないのだ。

「よし、足りない分は俺が責任持って稼いでこよう」

「あんたに任せると、結局無賃での手伝いになるでしょうが」

勇が僅かに視線をそらした。自覚はあるらしい。

「だから、俺が手配しました」

「さすがだなあ、トシは！」

また嬉しそうに笑う。この笑顔に歳三は弱いのだ。

「久しぶりにやりますよ、用心棒」

剣の腕を生かす上、宣伝にもなるいい労働だ。

歳三が引き取られたばかりの頃から、この道場の台所事情は崖っぷちで綱渡りをすることが多かった。

むしろ今より昔の方が色々と切羽詰っていたくらいだ。

結果として、少年期を抜けきらぬ土方と、青年になりたての勇が用心棒をして日銭を稼いだりしてきた。

その仕事がないときは、農家の手伝いでも何でもした。鍛錬で培った筋肉は色々と雑用に役立ったのだ。

それでもやはり、用心棒は一番効率が良い。

歳三はそう思って臨時の仕事を決めてきたが、勇は心痛の表情を浮かべた。

「用心棒か。確かに実入りはいいんだが、そんなものが必要とされる物騒な世の中になっているってことを思うと……歯がゆいことだな」

「俺達がいることで、助かる命と金があるかもしれないんです。俺は……それでいい」

歳三たちが守ることによって、親兄弟を失わないですむ子がいる。そう思えば、用心棒の仕事はむしろ誇らしいくらいだ。

口に出してはいなかったが、付き合いの長くなった相手には察せられてしまったようだ。

優しい目で見つめられ、頭を撫でられた。

「そこらの者におまえが後れを取るとは思えないが、ちゃんと我が身を守れよ」

「ちょっ、近藤さん。俺はもういい年なんですから、頭とか撫でないで下さい」

「俺はおまえがどんなに大きく育っても、可愛い弟にしか見えないぞ。もう、お兄ちゃんと呼んで貰えないのが寂しいくらいだぜ」

「そんな呼び方したことは一度もありませんよっ」

微笑みながら言われて、歳三は内心照れながらも言い返す。勇に大切にされていることは十分わかっていた。だからこそ、勇の役に立ちたいと頑張っているのだ。

そんな風に、日々は明るく過ぎていた。

その後、勇が火事場で子どもを拾って来たりもして、歳三の家族はまた一人増えた。これがまた難しい気性の子どもで、勇には早々に懐いたのだが歳三に心を開いてくれるまでは、少し時間が掛った。

嫌われているのかと心配したりもしたが、揚げ足を取ったり、生意気な口をきくことこそが子ども——沖田総司のひねくれた甘え方だと判ってからは、歳三も遠慮無く怒って、拳骨をくれてやっている。

総司いわく、わかる前から歳三は容赦がなかったそうだが、悪いことをしたら叱るのは当たり前だ。

歳三の肩にも届かぬ背丈のない子どもと、本気で言い合ってる姿は天然理心流の道場でよく見られるようになり、通りすがりの門人に見られては笑われることは日常となった。

そうやって更に日々は重ねられていった。


雨が降っていた。夜空を覆い尽くす厚い雲は全てを暗闇へと変えている。

歳三は足もとに転がったままの『もの』を、大股で跨ぎこすと抜刀したままの刀を振った。雨だけでは到底流しきれない血潮も、その勢いで振り払われる。

「……あと二人」

呟いた言葉に感情があるのかどうか、歳三自身にもわからない。

残数が減る度に、心の何かが削れていく気がしていた。

達成感……ではない気がする。

「……　……!」

雨音の向こうで、何かの気配がした。

すばやく刀を持ち直すべきだったが、歳三は緩慢な動きで近づく気配だけを感じていた。殺気を向けられたら、倒れた男の仲間なのだろう。——だったらもう何も考えずに斬ろう。

「トシ!」

「近藤さん……」

思ってもいなかった人の声に、心臓が大きな音をたてた。

「……どうしてここに?」

「お前の様子がおかしかったからな。後をつけたのよ」

「見ていたのか……」

「間に合わなかったがな」

痛ましげな視線が、歳三に寄越される。それで全て知られていることがわかった。

ああ、と呻き天を仰ぐと、雨が顔に当たる。嫌な寒さを寄越す雨だった。こんな雨に降られたことがあったな、とこんな時なのに悠長なことを思う。

「そいつらか、トシ」

「あと二人だ。……でも、行方がわからないやつがいる」

両親と兄たちを殺した憎い仇。歳三は彼らを執念で捜し続けた。そして、見つける度に一人一人と斬り捨てていった。

最初の一人の時は、復讐心が満たされた。次の者の時は、くたびれきって身を持ち崩したとわかる男の、これまでの人生を思った。三人目で空しさを覚えたが、この胸に宿る復讐の炎を消す方法はもうわからなかった。途中で止めることは歳三には出来なかったのだ。

そして、四人目。とうとう今夜は勇に見つかった。

「トシよ。復讐のための剣なぞ、俺は教えちゃいねぇぞ。それで胸の痛みは治まるのか？」

「……そんなのわからん！　だが、ここで俺が仇をとってやらなかったら、三途の川を渡らされた親兄弟たちを見捨てることになる！」

「復讐の道か、誠の道か。男が選ぶのはただ一本の道だ。お前はどっちを選ぶ気だ」

「ただ一本の……」

「今なら選べる。だがなトシ、こんな事をやってれば、お前の傷はいずれお前を飲み込む」

勇の手が、血濡れた歳三の手に触れた。

刀の柄ごと強く握られる。

「俺は……俺は」

強く目を瞑る。

復讐の血の道に、一人で立つ自分。

誠の光の道に、大事な者たちと立っている自分。

歳三は目の奥が熱くなるのを感じながら、それを告げた。

「近藤さん、総司……組のみんなと一緒に生きていきたい……」

でも、血の道の先に、死んだ両親たちの姿が見える。

どうしても消えないのだ。

「でも傷がうずくんだ……。あいつらへの憎しみが消えない」

「だから俺がいるんだ。総司がいるんだ。友がいるんだ」

「近藤さん……」

「おまえを支える仲間を信じろ。誠の道を進むのなら、いつだって俺たちがそばにいる」

「……ぐっ」

こみあげてくる嗚咽を、歳三は喉でかみ殺した。

「俺の剣は……誠に捧げる。今、このときよりそう誓う……！」

「その誓い、この近藤勇がしかと聞き届けたぜ」

がっしりとした腕が首に回って、歳三はそのまま勇の胸に抱え込まれる。

「まったく……手のかかる弟だぜ」

「あんたは兄じゃないですよ、近藤さん」

涙で揺れる声で答えた。

歳三にとって勇は兄ではない。

兄などと簡単に言えないくらい、大事な存在なのだ。

雨は激しくなっていく。それは歳三の嗚咽を覆い隠してくれた。

この数ヶ月後、勇を中心とした壬生組は大老、井伊直弼の目に止まり、幕府直轄愛獲《アイドル》への道を歩んでいくのだった。

★

意識が浮上し、歳三はゆっくりと目を開けた。見慣れぬ天井が視界に広がる。

「ここ……は……？」

喉が枯れていた。

「あっ！　ヒジゾーさんが目を覚ましちょる！」

「本当ですか？　どいて、龍馬くん！」

「はぁ？　水くらい用意してるぜ、オレ様――うわぁっ！」

「ぎゃー、畳に零れたーっ！」

「何してるんですか、二人とも！　怪我人の前で騒々しいっ！」

最近、耳慣れた声が少し離れた場所で聞こえた。総司もうるさいのだが、また種類の違った騒々しさが三人分追加である。

「大丈夫ですか、はい、水です」

眼鏡の青年が白湯を入れた茶碗を差し出してきた。歳三はなんとか身を起こすとそれを受け取り、口を潤す。渇いた喉に染みこむようだった。

「桂、俺はどれほど寝ていた」

「丸一日です。満身創痍で、本来なら目覚めるはずもない状態なのですが。さすが新選組の副長、鍛え方が違いますね」

暗に安静を言い渡されている気がするが、気のせいではないだろう。

「……総司は」

「隣の部屋で休ませています。彼の方が状態が良くなかったのと、井伊の呪術の影響が大きかったので、念のためにあなたとは引き離していました。でも心配はいりませんよ。ちゃんと回復していますし、今朝には呪術の影響が見られなくなったので、同じ部屋に移そうかどうか相談してたくらいです」

淡々と説明を受け、歳三は弟分の無事に安堵を覚える。

「そうじゃ、そうじゃ、ヒジゾーさん！　目が覚めて良かったぜよ！　わしは心配でたまらんかった！」

「おまえは四半刻毎に覗きに来るから、邪魔でしかなかっただろうが！」

「シンディも心配で様子を見に来ていたものなぁ。うんうん、良かったぜよ」

「余計なこと言うな、龍馬！　おい、土方、別にオレ様はおまえたちのことなんて、心配してないからな！」

「はいはい、二人ともうるさいので黙っててください」

身を乗り出してきた龍馬たちを、小五郎が押しとどめ、そして歳三に向きなおる。

「近藤さんは……どうなった」

「残念ですが、彼の遺た……いえ、彼を一緒に連れてくることはできませんでした」

歳三は布団の上に置いた手を、ぎゅっと握りしめる。遺体と言いかけ、言い直したのは小五郎の優しさだ。

だがそれ故に、勇の死を改めて実感してしまった。

それがわかったのか、小五郎の口調は更に気遣いが含まれる。

「あなたと沖田君を助けるだけで精一杯だった。でも、そんな理屈で君が納得できない気持ちはわかります」

すみません、と小五郎が謝る。

だが、彼の責任ではないことは明白だ。

「俺の力不足だ」

「ですが、沖田君を救ったのはあなたたち二人の力でした。そしてその沖田君は今、隣で寝ています。生きています。それを忘れないでください」

小五郎の言葉は心に染みた。それでも、勇の死は歳三の心を大きく抉っていた。

声を発せられず、奥歯を噛みしめる。

「ヒジゾーさん！　辛いときは辛いと言うてええ。わしはセンセーみたいに頭がよくないし、言葉もたりんから上手く言えんが……、でもな、でも！　わしはヒジゾーさんの力になりたいぜよ」

「そうだな。新選組や愛獲《アイドル》を認めるわけじゃねえが、井伊が沖田を操りやがったってのは、オレ様も気にくわねえ。今回は手を貸してやってもいい」

龍馬はただ真っ直ぐに思いのまま、晋作は冷静《クール》を装いながらも、その目にはしっかりと怒りの炎を燃やして、歳三にそう告げた。

冷静に考えればありがたい申し出であったが、今はまだ何かを考えることが出来ない。

歳三はしばらく一人にしてくれと頼むと、三人に下がってもらった。

「……総司」

隣室に寝かされているという弟分が気になり、寝具から抜け出ると境の襖を開いた。

そんな僅かな動きにすら体中が軋み、痛みを訴えた。だが己の目で総司の無事を確認せずには居られなかったのだ。

そして願いは叶って、静かに横たわる沖田総司の姿を目にする。

肌に艶はなく、目の下の隈もいまだ色濃い。ところどころ小さな傷があるのは、手当の痕跡でわかった。

「だが、生きている……っ」

起こさぬように近づき跪くと、布団の端に手を置いた。

反対の手では自分の顔を覆う。

「近藤さん、俺達の弟は……無事だ。あんたが、命懸けで救ってくれたから……！」

だがその代わりに失われたものは大きい。

どうせ持っていくのならば、あの大きな人ではなく自分であれば良かったのに。

そう思わずにいられなかったが、優しい兄はそれを望まないことも知っていた。

「……くっ……」

目の端が熱い。歯を噛みしめ声を殺し、歳三は泣いた。

総司が目を覚ませば、その横で歳三が泣くわけにはいかない。

だから、今だけ。

今夜だけ。

堪えきれぬ嗚咽は、それから長く続いた。

沖田総司が目を覚ましたのは、それから丸一日後のことだった。

そして、それと同時刻。大老井伊直弼の手の者から、歳三に宛てて秘かに文が届いた。

そこには歳三が長年見知った手跡で、こう記してあった。

——心配無用。俺は生きている。　近藤　勇

第五章
CHAPTER.5

BAKUMATSUROCK

第五章

夜の帳がおりた京の町に、慌ただしく走る足音が響く。

「おいっ、こっちで見たか？」

「いや、消えたようだ！」

「ちっ……！　いったい、どこに……」

「いいから探せ！　そして必ず俺の前に連れてくるんだ！」

「はっ！　かしこまりました、藤堂さん！」

新撰組の隊服を着た男たちは勢いよく答えたが、次の瞬間、瞳の焦点がうろんなものへと変わる。

先ほどまで生気に溢れていた仲間たちを、名指しされたばかりの藤堂はじっと見つめた。

「かならず……必ず土方副長と沖田隊長を見つけ出さなければ……ならない。そうだ……オレたちの近藤局長をその手にかけたのは、土方副長……そして、沖田隊長……そう、井伊大老がおっしゃったのだから……」

「ああ、そうだとも……御前試合《ロイヤルコンサート》でのあの一幕……オレもこの目に焼き付けました……。近藤局長を屠ったあの裏切り者の二人の姿を……」

「そうだ……悪いのは土方副長……」

「近藤局長を殺したのは……沖田隊長……」

新選組の隊士たちからは、まるで呪文のようにその言葉だけが上る。

ただ聞けば、著しい怒りに満ちたその声。耳にした藤堂は、ぐらりと体の中心が揺れる感覚を味わう。それと同時に思考にも霞が掛かるような感覚を覚えた。

それは御前試合《ロイヤルコンサート》以降、何度も藤堂を襲うものだ。正確には御前試合《ロイヤルコンサート》の直後に現れ、崩れかけた新選組の指揮系統を見事にまとめ上げた井伊大老に、会ってから……。

そこまで思いだしたところで、更に藤堂を襲う揺らぎは強まった。

「……今は、余所事を考える……余裕はない……」

雑念を振り払うと、藤堂は隊士たちに改めて頷きを返した。

「おまえたちの思いはわかった。だが無駄口を叩く暇を与えるつもりはない。いま大事なのはあの二人への恨み辛みを吐き出すことではなく、身柄の確保だ。しかし私刑はまかりならん。井伊大老に引き渡すためにも、近藤さんのためにも、隊できっちりとけじめをつけねばならないことを、しかと心得よ！」

「……は……い」

「絶対に無用の手出しはするな、いいな！　これは井伊大老からの命だっ」

その言葉に、ようやく隊士たちが頷きを返す。

「あの二人が本気を出せば、隊士から死人が出るぞ……。天然理心流の一番、二番弟子の座を守った男たちを侮るな」

藤堂が小さくぼやいた言葉に、一番近くにいた隊士が反応を返した。

「ですが、二人とも満身創痍だったじゃないですか。それなら、捕獲は簡単……あ、あれ？　満身創痍……なんでそんなことになってたんだ……？　あの二人が局長を卑怯にも……あ、あ……あうっ」

頭を抱えて膝をついた隊士に、藤堂は駆け寄る。

「おい、大丈夫か」

「……近藤局長は、殺された……土方副長と……沖田組長の裏切りで、殺された……そうなんだ……」

そう信じ込もうとするようにくり返す隊士の肩に手を貸し、立ち上がるのを支えた。

「大丈夫です、必ず、あの裏切り者たちを……」

「それ以上、無理をするな」

「……は……」

崩れ落ちそうになる隊士を他の者に預けると、藤堂は京の町に散らばる仲間たちの後ろ姿を見つめる。

逃走中の土方が目撃されたのは、ほんの一刻前。

そこから新選組総出で探索に当たっているが、いまだその姿は発見されていない。

「……土方さん、沖田……。なんで、こうなった……！」

歯がみする思いで、それだけを漏らす。そこに気の置けぬ仲間が又一人やってくる。

「藤堂さん、こっちはだめだった。それらしい人影は見失った。……これだけの人手であたっているのに、どうやって逃げおおせたんだ。手引きしている者でもいるのか……っ？」

十番隊組長である原田は大きく肩をゆらしている。憤りからだけのものではないだろう。彼も東奔西走しているのだ。藤堂は原田を労る言葉をかけた後、逡巡を込めつつ尋ねた。

「なぁ、原田さん。あんたも土方さんと沖田が近藤局長を裏切ったと思ってるか？」

原田は一瞬の戸惑いの後、悔しげに答えた。

「思いたくはない……だが、あなたも見たはずだ」

「ああ、見た。この目ではっきりと」

土方歳三が近藤勇を刺し、沖田総司が止めの一刀を振るうその姿を。

それが藤堂が見せられた光景だった。

それは天然理心流で、新選組で、その暮らしの中で。

あの三人を見てきた者たちには、到底信じられない光景だった。

「ならば答えは一つ」

原田は悔しげに断じる。

「土方歳三、ならびに沖田総司をとらえ、新撰組の隊則にのっとり処分する」

「ああ、そうだ。そうするしかない」

藤堂と原田の悔しげな吐息が京の闇に落ちる。

静かな雨が降りだしていた。

★

京都の外れにひっそりと建つ屋敷の中は、慌ただしさに包まれていた。

「なんで、ヒジゾーさんがおらんのじゃっ？」

「それは僕が聞きたい……、どこに行ったのさ、あの人……」

「わわっ、ふらついとる。無理したらいかん、ソウちん！」

「そんなこと言ってる、場合じゃない……っ」

「沖田くん、土方さんなら僕たちが探しに行く。君はまだ寝ていた方がいい」

「寝込んでた人が出て行ったのに……気づきもしなかった奴らに、任せられるわけないね」

総司を中心にもみ合う三人の男たちの元へ、慌ただしい足音が迫る。

「おい、土方の部屋にこんなのが落ちてたぞっ」

白紙を持って現れたのは高杉晋作だった。総司、龍馬、小五郎の視線は彼に集まる。

「シンディ、なんじゃそりゃ。うーん、真っ白けの紙じゃわからんぜよ」

小五郎が晋作の手より紙を奪う。そして透かし見、匂いを嗅ぐ。

「……墨の匂いがしますね。それに質のいい香木の残り香もわずかに」

「折った痕もあるね……。これは書状が包まれてたんだ。そんなものがどうして土方さんの部屋に」

総司が指摘すれば、龍馬と晋作、そして小五郎は一斉に首を横に振った。

「わしは知らん」

「オレ様だって知るか」

「もちろん私も知りませんよ」

「僕は起きたばかりだよ」

「おおっ、それはソウちんの沖田と起きたっちゅうのを引っかけた……！」

「黙ってろ、この馬鹿！」

龍馬の後頭部は、このときどのドラムよりも素晴らしい響き方をした。

のちに小五郎はそう日記に記したが、いまはどうでもいいことだ。

「本題に戻っていい？　馬鹿コンビ」

「オレ様は龍馬とコンビじゃねえ！」

「勝手に戻しましょう。これは誰かがこの隠れ家にやってきたことを示していますね」

小五郎が断定する。

「ありえねえだろ！　ここは隠れ家だぜ！」

「だけど隠れられていなかったようだね。謎の書状が届くのが証拠だ……」

晋作はぐうの音もでないようで、喉で呻いた。それを横目に見て、総司は歩き始める。

「ソウちん？」

「……出かけた。いや、呼び出されたんだ、土方さんは。だったら、すぐに探しに行かないと……っ」

「何を言ってるんだ、君の体じゃ無理だ！」

止めよう腕を掴まれた。総司はそれを荒々しく振り払う。

「く……っ」

……振り払ったつもりが、小五郎の手は振り払えなかった。

弱った体を自覚させられ、一瞬でふくれあがった苛立ちが総司の中で爆発しそうになる。

「沖田くん。君の気持ちはわかるけど、無茶はだめだ」

「そこのトサカくんとスカシくんが消えたら、君だって探しに行くよね？」

小五郎は渋い顔で言葉を飲み込んだ。状況を一番正確に判断できているのはこのメガネ男だ。統率を取る男が総司を外に出さないと決めれば、残りの二人はなんだかんだで丸め込まれるだろう。抑えるならば、こいつだった。

心配そうな顔をした龍馬も総司の腕を取ったが、もう一度振り払う愚行はおかさない。

またもや弱っているところを見せれば、この三人は総司をけっして床から出さないだろう。

そんなことをしていたら、土方歳三が危ない。

（もう、失うわけにはいかない！　それには桂を落とさなければ……っ）

総司と小五郎は睨み合い、その意志は火花を散らす。そんなことをしている間にも、足の先から力が抜けて倒れ込みそうだが悟らせるわけにはいかなかった。悔しいことに、総司を止めようとする龍馬の腕が支えになっている。

（大丈夫だ、一度動き出せば、僕は止まらずに進める！）

いや、止め方を知らずに進んでしまうのだ。

睨み合うことが続き、膠着は永遠かと思われた矢先。

「わかった！　だったらわしがソウちんを支えてやる！　一緒に行くぜよ！」

「龍馬くん！」

「見過ごせんじゃろう！」

龍馬の加勢で小五郎が揺らいだ。まさかの口添えに総司は驚いたが、同時に龍馬が熱い男であることを思い出す。

無茶も、無謀も、その熱情《パッション》一つで乗り越えてきた。

それが彼ら——志士《ロッカー》。

「……わかりました。滋養の丸薬を飲んでください。即効性のあるものですが、その代わり後で倒れますよ」

「ふん、土方さんの怪しい薬をいくつも飲まされた僕だよ。怖がるわけないでしょ」

そう言って飲み込んだ丸薬は、歳三のものとは段違いの苦さとまずさだ。

無口で強面なくせに、人に優しい年上の男は、どうやら調薬のときにさりげなくそれを発揮していたらしい。その優しさを思いだして、こみあげるものがあったが、この丸薬の苦さのせいだとごまかした。

泣いている暇などないのだ。

「おお、ヒジゾーさんは医者だったんか」

「いや……桂さん系なのかもしれないぜ」

龍馬と晋作の間で誤解が膨らんでいるようだが、総司は訂正しない。誤解がある方が後の歳三の困惑が面白いからだ。痛い目に合えばいいのだ。

（……そうだよ。あとで余計なことを言ったって、僕を叱ってもらわないといけないんだからね、土方さん……！）

いたずらをした総司を笑って許してくれるのが勇。げんこつを喰らわすのが土方。三人の間ではそう役割が決まっていたのだ。

大事な片方は総司のせいで失われてしまったが、さらにもう一つの手まで失うわけにいかない。

「可愛い弟分を、放って……どこをほっつき歩いているんだか。目が離せない、ような、粗忽者の兄だよ、本当に……！」

丸薬が効いてきたのか、足のふらつきがおさまってくる。

視界の揺らぎも消えていった。

「もう大丈夫だ……！」

満身創痍の総司の言葉を、本気に受け止める者はいなかったが、訂正する者もいなかった。

「そうですね、探し出しましょう」

「しかたねぇな、オレ様も行ってやるぜ」

「ヒジゾーさんを見つけるんじゃ！」

三人分の加勢を背に受けて、総司は闇に包まれた京の町へと足を向けた。

★

歳三は背後にまで迫っていた追手の気配が消えたのを確認し、安堵の息を吐いた。

目前には目当てであった屋敷がある。それを睨み付けて内心で悪態をつく。あのような誘い文で呼びつけるのであれば、人払いの手配もしておけばいいのだ。それが、隠れ家を抜け出てみれば町は新選組の隊士で溢れていた。彼らが己と総司を探索しているのはすぐに知れた。そして、その理由も……。

(俺と総司が近藤さんを手にかけたことになっているとはな……！)

総司の鳳舞合奏《フェニックスライジング》によるものか、更に井伊が裏で糸を引いているのか。詳細はわからないが、仲間たちはいまや歳三の敵となっている。

満身創痍で襤褸布のように疲弊しきった体でここまでたどり着けたのは、ひとえに勇の加護があったと言っていいだろう。

しかし、そこで歳三は思考を一つに絞った。

「なんにしろ、ここにあの人に繋がる何かがある……」

馴染みの手跡で綴られた文を懐に抱えたまま、歳三はその寂れた屋敷へと足を踏み入れた。

「近藤さん……！」

危険は承知で飛び込んだが、予想外にも屋敷にはひとけがなかった。それを察すると、歳三は遠慮無く奥へと進む。

寂れてはいるが、広さだけは大老が所持する屋敷として十分なものだった。

襖を開け、部屋の中が空であること確認すると次へと進む。

「近藤さん、どこだ！　どこにいるっ！」

答えられるならば、返事が戻るに違いないが、それはあまりにも儚い希望だ。

たとえそれが息せぬ姿だとしても。

胸打つ鼓動を止めていてたとしても。

あの快活な笑いを浮かべることができなくなっていたとしても。

「もしもあんたがここにいるなら、どんな姿になっていても取り返してやる！　あんたは俺達の局長だ、井伊などに委ねるわけにはいかん！」

ここには勇に繋がる何かがあるはずだった。

次々と襖を開けてたどり着いた先には、歳三の望んだ――そして、一縷の希望を打ち砕く光景があった。

「……ああ……っ」

部屋の中央に敷かれた布団には、大柄な男が横たえられている。

血の気のない蒼白い顔は、傷ついた痕が生々しく残る。歳三は思わずうめき声を漏らし突進した。

「近藤さん……っ！」

そこには静かに眠る、近藤勇の亡骸があった。

★

燭台一つの灯が灯る部屋の中で、男は目を開く。

「かかったか……」

美貌の上に乗せられた笑みは、見る者がいれば凍り付くような冷酷なものだ。

口角を引き上げた薄い唇から、小さな、しかしはっきりとした声が発せられる。

「オン　キリキリ　バザラ　ウン　ハッタ……」

覆われた片目から黒い霧が漏れ出す。

それはねじれ絡み合い。細く尖った針のような鋭いものとなりながら。

遠く、遠く、京の果てまでへと伸びていった。

★

歳三は駆け寄ると、勇の身体に掛けられている布団を跳ねとばす。そんなものでは失われた温度は戻るわけもなく、指で触れた肌はひんやりと冷え切っていた。

わかっていたし、覚悟もしていた。しかし現実はあまりにも冷酷に、歳三の胸を貫く。

「あんた……が、こんなに冷たいな……んてな」

こみあげるものをぐっと堪えたが、震える声は隠せなかった。

勇の衣服はあの日のままだった。着替えなどあろうはずもない。汚れはそのまま残され、血潮がところどころに散っている。

「帰ろう……、近藤さん」

上体を起こして、亡骸を支える。ずしりと腕に掛る重みが、胸の痛みを深める。

「例えこの身体に血の花が咲こうとも、あんたを置いてはいかないぜ……近藤さん」

強い意志をこめて呟き、歳三はその硬い身体を抱え上げた。

簡単に見つけられるよう安置されていた勇だが、同じ容易さでこの屋敷から出られるとは思えなかった。

むしろここからが難所だと思った方がいいだろう。

勇にのみ意識を向けていた歳三は、その時足もとに集まる薄墨色のもやに気がつかなかった。

「……う」

耳元で小さな声が聞こえた。ありえないはずのそれに、歳三の腕から力が抜ける。

支えを無くした途端に滑り落ちた勇の亡骸は、そこでありえない反応を示した。

「……ト、シ……か」

「近藤さんっ!? そんな嘘だろう……っ!」

さっきまで死せる姿をさらしていたはずの勇が、倒れ伏した畳の上で確かに動き、そして声を発したのだ。

「勝手に人を殺すな。薄情だな……」

緩慢な動きながらも勇は自力で身体を起こし、布団の上に座り込む。

「なんで……」

「井伊大老のおかげで命拾いをした。どうやら三途の川を渡り損ねたようだ」

厭わしさしか感じない名前に、思わず眉間に皺が寄る。

歳三がそんな顔をすれば、毎度しつこいくらいに諫めてきた勇だったが、今日は何も言わなかった。

「話は後だ。井伊の意図がわからないまま、ここに長居をするのは得策じゃありません」

「それは大丈夫だろう。何かするのなら、俺を助けるわけもない」

座り込んだままの勇は、立ち上がる様子を見せない。どっしりと構えるのが常の男だが、ここで腰を落ち着かせられては困る。

「近藤さん、すぐに動けないのかもしれないが、とにかく移動はしよう。俺は井伊を信用しきれない」

「おまえは相変わらずせっかちだな。……しかし、動けないって言うのは半分当たってる。少しこうして休ませてくれ」

勇にしては珍しく弱音を吐いた。だがそれを言われると歳三も無茶は言えない。あの冷え切った体は尋常ではなかった。こうして座っているのが異常なくらいだ。

少しだけ勇の回復を待ち、あとは抱えてでもこの屋敷を離れよう。歳三が静かに決意する。

「そうだ、トシ。いまのうちに確認しておきたい。おまえがいま超魂《ウルトラソウル》の欠片を持っているんだよな？」

「あ、ああ……。あなたから受け取りましたからね」

「そうか。持っているのか」

勇が何度か頷く。

「おまえは……超魂《ウルトラソウル》を扱えるのか？」

「……いえ、俺も先日目覚めたばかりですから」

唐突な質問は歳三を困惑させるが、それでもいつもの倣えで答える。

勇から託された超魂《ウルトラソウル》については気になっていたが、目覚めたばかりの歳三にはまだその余力はなかった。

「俺はおまえならあれを使いこなせると思う。どうだ、試してみないか」

「今、ここで……ですか？」

「ああ、そうだ」

真面目な顔で頷く勇に、歳三は思わず反発する。

「それよりも、ここを離れるのが先決でしょう」

「超魂《ウルトラソウル》を、片魂《ピースソウル》を発動できれば、それは俺達にとって大きな武器となる。これからどんな奴らを相手にすることになるのかはわからんが、己の手の内を理解していなければ、いざというとき戦えん。その『いざ』が

今このとき襲ってきてもおかしくない。俺はな……心配なんだ」

真剣な顔でそう説いてくる勇の顔を、歳三はじっと見つめた。

そうか、そういうことか、と合点がいった。

しばし悩んだが、歳三の心は決まる。

「確かにここは安全そうですね。片魂《ピースソウル》は俺も気になっていました。それが武器になるなら、すぐにでも確かめるべきだ」

「そうとも、トシ」

「しかし、井伊大老は何がしたいのか。総司を操り、あなたを害しておいて、こうして助けてみせる。俺には意味がわかりませんよ」

「俺にも大老の意はわからん。しかしここまで新選組を育ててくれたのはあの方だ。もう一度、信を置いてもいいだろう」

歳三はそれに軽く肩をすくめた。

「恩はありますからね。それに、あなたを助けてくれていたのは大きい」

「そうだな。俺たちのような下っ端には例えわからなくとも、井伊大老はなにか大きなものを見据えて行動されたに違いない。……だが、まずはおまえの中に潜んでいる力を知っておきたい」

勇は顎をしゃくって歳三を誘った。

新選組という大きな組織を預る者としては無頼な仕草だが、この男にはよく似合っていた。

「いいでしょう。手合わせで俺の力をはかってください」

「良かろう」

勇の枕元には愛刀が置かれていた。彼がそれを手にするのを見つめながら、歳三も腰の刀にそっと指先を這わせた。

男が刀を手にして立ち上がる姿に懐かしさを覚えずにいられない。

同時に悲しみと怒りが歳三の胸を突き上げていた。

★

「こっちに行ったかっ？」

「いや、見あたらん！」

夜も更けた京町通りを、剣呑な空気を纏った新選組隊士たちが殺気を放ちながら走り抜けていた。

細く暗い路地に身を隠した二つの影は、彼らが行きすぎたのを確認してからそっと姿を現す。

「ちっ……。面倒なことになってるみたいだね」

「じゃが、あいつらはソウちんとヒジゾーさんの仲間ぜよ。ソウちん本人が話をしたら、どうにかならんもんかなぁ？」

「無理だね。あいつらは僕の鳳舞合奏《フェニックスライジング》でしっかり洗脳済みだよ。てことは井伊の手先だね」

「む〜ん」

困り顔で肩を落とすのは龍馬。その隣で蒼白い顔色を晒しつつも、鋭い視線で辺りを窺っているのが総司だった。

「とにかく、土方さんの足取りはあいつらの動きからしてこっちなんだ。どうにかやりすごして先に進むしかない」

それが無理ならば、その時の覚悟は出来ている。

総司はそっと腰の刀に触れた。

準隊士なら言うに及ばず、正隊士となっていても、隊の頭《リーダー》となれるほどでなければ、総司の敵ではない。

問題は数で来られたときだが、その時は怪我くらいは覚悟してもらおう。

「おまえたちも大好きな土方さんを取り戻すためだ。正気に戻ったら、それくらいは気にしないよね。……命までは奪わないよう、出来るだけ気をつけてあげるよ」

「ん？　なんか言ったか、ソウちん？」

「なんでもないよ。それよりも、うちの隊士たちの話を聞き漏らさないでよ、トサカくん。土方さんの情報はあいつらから盗み聞きするのが一番確かなんだからさ」

総司さえ本調子であれば良かったが、今は助けが必要だった。

「わかっとる！　任せとけ！」

龍馬がドンと胸を叩いた。

「だったら、わたしにも任せてもらいましょうかね」

突然、背後から声がかけられる。

総司は腰の刀を抜き払いながら、舞うように振り返った。

★

庭先で、歳三と勇は剣を構えて向き合っていた。

「あなたと真剣でやりあうのは久しぶりですね」

「あくまでも超魂《ウルトラソウル》の発動を確かめたいだけだ。本気で斬りかかりはせんよ」

苦笑いする勇に対し、歳三が向けるのは同じ苦笑でも、苦々しさをかみ殺したようなものだ。

「俺は剣を手にしたあなたが甘さを見せたところなんて、一度も目にしたことがありませんよ」

「……そうだな」

勇の顔から、穏やかさが抜け落ちた。

「では、お互い容赦も遠慮も捨てて——参ろう」

「いざ」

勇は型にはまった正眼の構えを見せる。

それに対し、歳三は同じ正眼でも、刀身を僅かに勇の左へと向けて構える。体術を得意とする天然理心流の特徴、攻めにも守りにも強い平晴眼《ひらせいがん》の構えだ。

夜風が二人の間を吹き抜けた。それと同時に激しい打ち込みが始まった。

——ギィィインッ！

薄い月光の中、輝きの飛沫が降る。全力でぶつかり合った剣の刃こぼれが、宙に舞ったのだ。

お互いの剣をはね除けながら、歳三は歌い始める。

『一度体験したら二度と戻れない……３℃高い体温、もう下がらなそうだ♪』

勇はそれに呼応するように、楽しげに笑った。

『こうなった以上、認めるしかないか。　俺の出番が来たようだ♪』

歳三の歌を引き継ぐと、誰もを魅了したその低音で勇が歌い上げる。

それは道場で何度もくり返された、手合わせの風景を思い出させた。

「懐かしいな……、よくこうして、歌って、打ち合った」

「おまえの成長を楽しく見ながらな」

「はは……そうだったな、近藤さん」

歳三の胸に、出会った日の思い出が浮かび上がる。

「警戒心で、全身から棘を生やしたような俺に……あんたはずっと付いていてくれた」

「そうだったなぁ」

「俺に剣を教えたのもあんただ」

「そうだとも」

「歌を教えてくれたのも、誠の道を教えてくれたのもあんただ」

「そうだぜ、トシ」

「だからな、わかるんだ……」

構えなおした剣はふたたびの平晴眼。

「近藤さんの歌は、そんなんじゃねえってなっ！」

勇の頸動脈を狙った太刀筋は、寸前でかわされた。

「……おいおい、トシ。今のは本気で俺を殺すってことか？　本気は超魂《ウルトラソウル》の発動で見せてくれよ」

「黙れ、偽者が」

歳三は切っ先を勇に向ける。その眼は怒りに燃えていた。

「あんたは一つ、大きな間違いを犯した。本物の近藤さんなら、到底ありえないことをしでかしている」

それに気がついたのは、さきほどの会話の中だ。

それまでは、ありえない可能性にすがりつき、勇が九死に一生を得たのだと信じた。信じたかったのだ。

一度絶望した。そして、ありえない希望を見た後、もう一度絶望を味あわされた。

「何を言ってるんだ、トシ。俺も目が覚めたばかりで、調子がおかしいのは認めるが……」

「『総司はどうしている？』本物のあの人なら、最初にそれを訊ねるんだよっ！」

総司は歳三と勇にとって、けして後回しになど出来ない存在だ。

命懸けで救うほどの弟分。

その無事を確かめないわけがないのに、この『勇』は歳三に超魂《ウルトラソウル》のことを尋ねたのだ。

勇が顔を歪めた。その顔も本物そっくりで——虫酸が走った。

刀の柄を握りなおす。目の前の偽者は倒さねばならない。狙いを定めた。

「どんな卑劣な手を使ったかはわからんが、近藤さんを安らかに眠らせず、その死を土足で踏みにじるような行為……許さん！」

「……くく……」

勇の口から小さな笑い声が漏れた。同時に薄闇を思わせるもやが滲み出る。それは井伊に操られていた総司からも発せられていたものだった。

今まで静かだった家屋内にも、慌ただしい気配が生まれた。

(他の手の者が潜んでいたか)

更に気は抜けなくなった。歳三は勇に神経を集中させながらも、近づいてくる気配にも意識を向ける。

「……ん、これは？」

「うわあぁ、オッサンが生きちょる!?」

「そんなのありえないよ、トサカく……、……近藤、さん……？」

部屋の中を走る気配から、突然の大声。

現れたのは熱情《パッション》を表すような赤毛を有した男と、歳三の馴染みである弟分だった。

その顔色の悪さが目を引き、一瞬、集中が途切れた。

「やぁっ！」

「くっ！」

その隙を狙って突き込まれた真剣は、歳三の頬に焼け付くような熱を与える。頬にぬるりとしたたる感触があった。とっさに避けていなければ、おしまいだったろう。

「近藤さんっ!?　なんで土方さんを……っ！」

総司から当惑の声が上がったが、それも一瞬。歳三と勇が鍛え上げた弟分は、すぐに事態を察した。

「いいや、ありえない。あの時……近藤さんは死んだ。僕が馬鹿なせいであの人は死んでしまった。生きてくれたら嬉しいけれど、そんなのはありえないんだ……っ」

総司は怒りを籠めた目で、庭先の勇を睨み付ける。

「薄汚い偽者ってことか……っ！」

「偽者!?　オッサンそっくりぜよ……、いや、ソウちんがそう言うなら、あいつは偽者なんか」

龍馬はまだ困惑を隠せない様子だったが、元から本能で生きているような男だ。

目の前の真実よりも、自分《沖田総司》の信じたものを優先したようだ。

その間にも、屋敷には再び慌ただしい気配がする。今度こそ、敵方かと思いきや、現れたのは龍馬の仲間である志士《ロッカー》たちだった。

「うわっ、新選組の近藤じゃねえか！　な、なんで……」

「信じられません、生きてるなんて。でも……現に」

「スカシ君もメガネ君も騙されるんじゃないよ。あれは偽者だ」

総司の言葉に目を丸くする二人が、剣を構え合った歳三に目を向ける。

それに静かに頷けば、小五郎、晋作共に顔を険しいものに変える。

「くく……っ、たかが言葉一つで信用するとは、どこまでも単純な奴らだ」

勇の声での似つかわしくない悪態は、歳三の神経を逆撫でする。

「黙れ！　――井伊！」

「おや？　なぜ、俺が井伊だと？　ほれ、この通り俺は近藤勇だ」

勇は軽く片眉を上げ、両腕を広げた。

生前、彼がよくしていた仕草だが今は嫌悪感を誘うばかりだ。

「総司を罠に嵌め、呪術で操った男め！　おまえ以外に、近藤さんの姿を使い俺達を惑わそうとする者などいない！」

「確かにいい推測だ。だが証拠がなければ流言《りゅうげん》飛語《ひご》だぜ、トシ」

勇の口調での反論は、ただただ不快だった。

「証拠はこの俺自身！　俺とあの人が、何千回切り結び、何千回歌い上げてきたと思っている。……確かにおまえは近藤さんにしか見えない。だが違う。俺たちの歩んできた日々が、あんたは近藤さんじゃない、別人だと言っている！」

「……思い出が証拠か。これはまた可愛いことを言うな、トシ」

「それ以上、口を開くな、この悪党がっ。従わねば――斬る！」

「超魂《ウルトラソウル》の持ち主たちが一堂に会したこの機会、もとより逃す気はない。ひとまとめにして取り込んでやろう！　――はぁっ！」

突如、勇が上段に刀を構えた。

それと同時に、その体から今までにないほどの闇が吹き出した。

「な……っ！」

思わず剣を地面に突き刺し、支えにした。そうしなければ突風でそのまま背後に飛ばされていただろう。

しかし衝撃こそ耐えられたものの、闇の波動は容赦なく歳三を襲う。

「ぐ……、うっ」

思わず呻いた歳三の耳に、それは飛び込んできた。

『誰の言葉も遠く届かないくらい　黒に程近い青で
この目に見える姿が幻でも、すがりたくなってしまう♪』

「な……っ」

歳三の歌を、勇が歌っている。

だが天歌《ヘブンズソング》であるそれは、隙間に歳三たちをからめ取ろうとする甘言が――呪いが縫い込まれていた。

——俺に逆らうな。立ち上がろうとするな。屈服しろ。

——なぁ……？　もう一度、近藤勇が死ぬところを見たいのか、トシよ。

ぐらりと歳三の心が揺れる。

例え井伊が操る何かだとしても、確かに目の前にいるのは近藤勇だった。

幼い頃から共に歩み、道にそれそうになった歳三へ光明を与えてくれた人の形をしたモノを斬るのか？

……斬れるのか？

「う……」

『**分からない、何を信じればいい？　♪**』

そうだ、分からない。

今まで歳三を引っ張ってきてくれた人が消えたのだ。

本当は、これからどう歩んでいいのか分からないのだ。

……それなのに、近藤勇をここで斬り捨てるのか……？

迷いが生まれる中、勇の声は歳三の心に甘い水を注いでくる。


——そうだ、土方歳三。

——考えることは放棄して、この『近藤勇』に従え。

――そうすれば、『近藤勇』の死を嘆くこともない。

――おまえの心に平穏が訪れるのだ。


「う……近藤さん、近藤さん……あんたが死んだなんて、信じたくない……さ」


――そうだとも。ならば考えることをやめろ、トシ。

――心を失えば、楽になるぜ……トシ。


「心を失えば……」

「うう……、そうすれば、僕達は救われる……?」

離れていたが、総司の呟きも歳三の耳には届いた。

心が緩やかに崩れていきそうになる。

「……ぐおおおおおっ、ダメじゃダメじゃダメじゃ〜〜っ！」

「っぬ!?」

響いた怒声で、歳三は我にかえった。

「俺は、今なにを……っ」

「そうじゃ、ヒジゾーさん！　ソウちんもじゃ！　心を強く持つんじゃ。こいつはおまえらを騙そうとしてるぜよ！　気色悪い歌ぜよ！　こんな歌は間違っとる！」

いつの間にか伏せていた顔を上げれば、濡れ縁で仁王立ちした龍馬が闇に包まれた勇を指さしている。

「仲間を失って傷付いてる心の隙間につけ込むとは、卑怯ぜよーーっ！」

あたりを揺るがすほどの大声に心揺さぶられる。

「う、うう……っ、龍馬……おまえの声のでかさで我にかえったぜ」

「一瞬、私も取り込まれそうになりましたよ。さすが龍馬くん」

「わしは気色悪い歌は好かん！　井伊のよくわからん術なんぞ、わしのロックで吹き飛ばしてやるぜよっ！

おおおおおおおぉぉぉぉーーっ！」

龍馬が天を仰いで叫び、そして背負っていたギターを正面で抱えなおした。


――ギュイイインッ!!


激しいメロディが鳴り響く。

我にかえった晋作のベース、そして小五郎のスティックが生み出すリズムが後を追う。

「これがロックぜよーーーーっ！」

龍馬たちの放つロックが、あたりに漂う闇を切り裂いた。

「ヒジゾーさんの思い、ソウちんの思い、そして新選組の仲間たちの思いを踏みにじった井伊……おまえは許さんぜよーーっ！」

龍馬の叫びと共に、その胸元から光が放たれる。

「「うおおおお～～～っ!!」」

晋作、小五郎からも光柱が立つ。

爆発的な力《パワー》があたりを覆うのを、歳三は目の当たりにした。

「超魂の欠片《ウルトラソウル》……その力が発動したのか……っ」

「くっ、くくく……その程度の、ロックで俺を破れると思うな！」

勇は龍馬たちへと大きな体を向けると、咆哮を浴びせかける。その勇の体からは闇が吹き出した。

「ぐわああっ！」

混沌を体現したかのような闇は龍馬たちへと襲いかかる。その波動でロックが途切れそうになった、その時、新たな歌声が響いた。

『何を……していたんだろう～♪　長い夢にうなされていたみたい～♪』

「な……っ！」

勇が驚き振り返る。

歳三はその顔を睨み付けながら、アカペラで歌声を浴びせかけた。

（偽音のおまえごときに、俺と……近藤さんの絆を、汚させたりしない……！）

「そ、の歌……天歌《ヘブンズソング》であろう……っ」

「その通り、だがおまえの力のみが宿ったものだと思うな！」

歳三は更に歌声を響かせた。それは何度となく、勇と歌った歌。

最初は歌詞などなく、ただ鼻歌だったものを背中で負ぶわれながら聞いたもの。

それに乞われて、歳三が詞をつけた。

『……**目覚めの時に、聞いた声は……何故か、懐かしく温かい……♪**』

歳三に続いたのは、総司の歌声だった。

その曲は新選組の中で歌い継がれ、そして何度も調整と編曲を経て今の形となった。

『**間違いだらけの世の中に、明かり灯し導き出す……っ♪**』

地の底から光を求めるように、頭上に手を伸ばした。その場で軸足のみで回転をすれば、隣には同じ動きをする総司が立つ。

「く……っ、それは天歌《ヘブンズソング》だ……っ、なぜ、それが……俺を退けようとする……！」

「これは元々近藤さんと俺が作り上げたものだっ、天歌《ヘブンズソング》であっても、俺達の思いが込められたもの……っ！」

大事な人だった。亡くして良い人ではなかった。

それでもあの人は、大事な者のためにならと、命を惜しむことなく散った。

しかし全てが消えたわけではない。体は消えたが、思いは残る。勇との間で培われた年月は、歳三の体の中で脈打ち続ける。あの高潔な魂を忘れなければ、勇は歳三の中で生き続ける。

（貴方に教えられた誠の道……。俺はそこを歩こう）

心の中でそう誓う。

「新選組局長、近藤勇の志はこの俺、土方歳三が引き継いだ。井伊よ、我欲で人民を操ろうとするその野望、この俺が叩き斬る！」

歳三の歌声が闇夜を切り裂き響き渡る。

哀切を含んだそれは、天歌《ヘブンズソング》から新たなる変化を受け、一人の男を送るための鎮魂歌《レクイエム》へと昇華していた。

「すごい……土方さん……っ。これは、僕も負けてられないよね……っ」

歳三の新たなる歌に、総司の声も続く。

団主《ダンス》は合図などもなくとも、お互いが相手の動きを察知しユニゾンを作る。

歳三が右に舞えば、総司は左後方で同じ動きで魅せた。指先の動き一つが一つが、勇に捧げる弔いだ。

「近藤さんの仇……、討たせてもらうよ！」

総司から悲痛な叫びが放たれたと同時に、その右脇から光源が放たれる。

「おおおおっ、なんちゅう悲しい歌声じゃ……っ。でも込められた思いは熱すぎる……っ、そうじゃ、これはロックぜよ！　天歌《ヘブンズソング》じゃが、ロックぜよ～～っ！」

「ちっ、こんなのを見せられて、寝てられるか……やってやるよ、チクショウが！」

「いいですね、私のリズムもお見舞いしてやります……っ」

井伊の闇に押されていた龍馬たちも立ち上がり、歳三たちのカバーをするようにメロディを奏でた。

ギターにベース、そして打ち鳴らされるリズム。

歳三たちと、龍馬たちに前後を囲まれた勇には逃げ場がない。

辺りに放たれていた闇は、光の輪に囲まれ行き場を失った。

「く……っ、こんなことが……っ」

いまだ勇の声を騙るモノは、化けの皮をはがそうとしない。

あの心優しき人の姿を、このような悪しき者に騙らせるなど、この上ない侮辱だ。

「その姿は近藤勇のものだ！　今すぐ俺たちに返せえええっっ!!」

その時、闇夜を切り裂くような光が辺りに迸った。

あまりの明るさに歳三の目が眩む。

「土方さん……っ、それっ！」

「な……っ？」

光は歳三の左肩から発せられていた。そして浮かび上がる刻印。

「片魂《ピースソウル》……！」

勇から受け取った超魂《ウルトラソウル》が、いまこのとき歳三の中で発動したのだ。

「う、あああああぁぁぁぁ……っ!!」

その瞬間、燃え滾る熱情《パッション》が体を支配する。しかしその奔流の中には、一筋の清涼な流れが存在していた。

童心を忘れず、人を愛し、正道を求め続けた清流のような男の姿が歳三の心に浮かぶ。

歳三と総司の兄たる男は、二人のそばに形を変えて寄り添ってくれているのだ。

「誠の道、ここに示すっ!!」

突き上げた拳と同時に、歳三の歌声は天は貫く。そして超魂《ウルトラソウル》の放つ光は偽の勇に降り注いだ。

『ぐあああぁぁーーっ！』

苦痛の声を上げたのは、さっきまで勇の姿を形取っていた闇の粒子だった。

超魂《ウルトラソウル》の波動を受けた闇は、次の瞬間なぎ払われていた。

★

「ぐああああ……っ！」

燭台の明かり一つが揺れる部屋で、男は堪えきれない叫び声を上げた。身を伏せざるを得ない強烈な痛みが、内腑を襲う。

しばらくは声も発せず、ただ荒い息のみが部屋の中で響く。

ようやく男が動きを見せたのは、随分と経ってからだった。

「片魂《ピースソウル》が、我が幻術を破ったか……っ」

口元を拭った手には、どす黒い血の色が見えた。しかし男はそれに構うことなく、体を起こすと部屋の隅を睨み付けた。視線の先には、先日まで手駒にしていた男の名を書いた人型の紙がある。それは無惨にも千切れ、屑と化していた。

「片魂《ピースソウル》……いや、五つ揃ったいまとなっては、あれらが超魂《ウルトラソウル》本来の力を発揮するのも時間の問題。……まさか土方と沖田が志士《ロッカー》たちに組するとは予想外のことよ……っ」

だが男の目には敗北の色はない。

「……しかし、これで実験は成した。縁《えにし》あるものさえ手に入れば、あのような脆い幻術などではなく……生きる屍を作り上げて見せようぞ」

「直弼、こっちにいるの？」

男は己を呼ぶ声に、体を強ばらせる。急ぎ立ち上がろうとして、手についた血の汚れに気づく。口元を拭ったときのものだ。それをそっと隠してから、声がする方へ体を向けた。

それと同時に襖が開く。

「ああ、いたね、直弼。どこにも居ないから、予は心配した……」

「慶喜様御自らにお探しいただくなど、誠に申し訳ありません。して、いかが致しました？」

「……うん、夜が更けると闇が深くて……」

心細げに視線を落とす君主を目の当たりにして、男――井伊直弼は、急ぎそばへと膝行《いざ》り寄った。

「申し訳ございません。ですが、この直弼。いつでも慶喜様のお側におりまする」

「うん、……信じてる、直弼のことは」

「ええ。この私が必ず貴方様をお守り申し上げます」

直弼の前に慶喜の手が差し出される。その手を取り、直弼は部屋を出た。

部屋の隅で散らばっていた紙くずは、砂塵のように脆く崩れて消えた。

★

静寂が支配する一室で、布団に横たわる勇を見下ろしていた。その姿は、この部屋に最初に飛び込んだときと全く代わりがない。

「……そうか……。あの近藤さんは、幻覚だったのか……」

庭先で土方の片魂《ピースソウル》の力を受けた偽の勇は、闇と共に霧のように消えていた。そして元の部屋へと戻ってみたのだ。

息を呑む総司の肩に手を置けば、彼はその場で力なく膝を突いた。

志士《ロッカー》たちの姿はない。新選組の二人のために気を遣ってくれたのは、想像に難くなかった。

「……土方さん、手当……してあげないと。……近藤さん、僕のせいでこんなに傷だらけに……」

「馬鹿を言うな、総司」

「でも、このままになんてできない！」

たとえ亡骸でも、どうにかしたいと訴える弟分の肩にもう一度手を置く。

「この人が傷を恐れたことがあったか？　これはおまえを守り抜いた名誉の傷だ。あの人なら、気にするな、放っておけと笑い飛ばすぞ」

「うっ、うう……っ」

顔を伏せた総司から、隠しきれない嗚咽が漏れる。

聞かなかった振りをして、歳三は勇の遺体を今度こそしっかりと抱き上げると、歩き出した。

「土方さん、どこに……？」

「わかってるだろう、総司。この人が戻るべき場所はたった一つだ」

総司が驚きで目を見張ったが、歳三は構うつもりはなかった。

「おまえは一足先に戻って、その体を休めろ。俺が一人で行こう」

「行きますよ。ボロボロなのは……僕より年食ってる、土方さんですからね」

真っ白な顔色をしていても、悪態と生意気さは健在の弟分に思わず笑った。

「こんなところにひとりぼっちじゃさぞかし寂しかったでしょう。あんた、騒がしいのが好きですからね」

さぁ、帰ろう。

俺たちの居場所へ。

貴方が休みに相応しい場所へ。

「新選組に行くぞ、総司」

歳三の歩みに迷いはなかった。

エピローグ
EPILOGUE

BAKUMATSUROCK

エピローグ

性急な足音が響いた後、新選組の各隊を預る組長たちが集まる屯所の一角に隊士が飛び込んできた。強ばった顔での報告に、藤堂を始め、皆が腰を浮かせた。

「なに……！　見つかっただと！」

「いえ、現れたのですっ。しかもあの二人は近藤局長の……っ」

皆まで聞く余裕はなかった。その場にいた全員が所内を駆け抜けた。

★

歳三が総司を伴い新選組の屯所へと現れたのは、まだ朝も早い時刻であった。取り次ぎを乞えば、辺りは騒然とした空気に包まる。

彼らは歳三が抱える人を見て、息を呑んだ。だがそれも一瞬、怒声が辺りを包む。

「副長！　やはり局長を殺めたのですか……！」

「俺たちの局長を！」

そんな彼らに歳三は静かに告げた。

「俺と総司が幕府に反旗を翻したのは、本当のことだ。だが、俺も総司も近藤さんの掲げた志を今も捨ててはいない」

帰ってくるのは、憎しみの視線のみだ。

「土方さん、言っても無駄です。みんな泰平化されてるんです、話したって聞き入れてくれませんよ。それともみんな斬っちゃってもいいんですか？」

総司の手が僅かに動くのを見て、歳三はそれを静かに制した。

「刀に触れるな、総司。俺達が戦わなくちゃならんのは、こいつらじゃない」

「じゃあ、どうするって言うんです？」

歳三は、数日前までは信頼し合った仲間であった隊士たちを見つめる。

その時、溢れる隊士たちをかき分けて、数人の組長たちが現れる。

藤堂、武田など、歳三や総司とも付き合いが長い者たちだ。しかし彼らも、歳三の抱える近藤の亡骸を見れば血相を変える。

「土方さん、沖田。よくもまぁ、顔を出せたな」

「その腕に抱いているのは、局長のご遺体か……！」

静かに頷く。

「この人がゆっくり眠れる場所は、おまえたちがいる所だ。だからこうして送り届けるために来た。俺達が局長を殺したと本当に信じているのなら斬りかかってこい。俺はその刃を甘んじて受けよう。……だが、そうでないのなら、近藤さんに別れを告げたい」

腕に抱える彼の人へ、そっと視線を送った。

歳三たちを囲っていた隊士たちから息を呑む声が聞こえた。

辺りには緊張を孕んだ静寂が落ちる。

それを破ったのは、西方八番隊を預る藤堂だった。

「全隊士に告ぐ！　すぐに局長を送る準備をしろ！」

「だが、藤堂……っ」

「原田さん。局長の前で、もめ事を起こしてどうする。なによりもいまは静かに眠らせて差し上げよう」

「……くっ」

武田は悔しげな様子を見せるが、藤堂がかさねて勇の安置を訴えると唇を噛んで頷いた。

その場は藤堂の指示により収まり、勇の密葬は京の外れにある寺ですぐに行われることとなった。新選組局長という大きな男を送るのを天が悲しんだのか、空は曇り、雨が降り出した。

隊士たちから憎しみの視線を浴びながらも、歳三と総司は参列を果たした。

様々な思いは渦巻いていたが、ただ一つ勇の死を悼む心だけはその場の誰もが同じであった。

葬儀が終わる直前、歳三と総司は寺の一角へと移動させられた。ひとけのないところへおびき出して、一太刀浴びせられる覚悟を決めていたが、待っていた藤堂から告げられたのは、思い掛けない言葉だった。

「土方さん、沖田。裏口から抜けられるよう手配しました。今のうちにそっと消えてください」

裏口へと回った瞬間、取り囲まれて斬り捨てられる可能性が高いと総司の緊張で剣呑な気を発する。

しかしそれを告げた藤堂の声には、歳三たちを心配する気配すらあった。歳三は確信する。

「藤堂、おまえ、正気だな」

「え……っ？」

「ああ。多分、いまの新選組では私だけですね」

頷いた藤堂を見て、総司から殺気が消える。

「どういうことです、土方さん、藤堂さん」

「あのなぁ……沖田。御前試合《ロイヤルコンサート》直前で局長、副長が不在になってたんだぞ、どれだけ組が忙しくなっていたと思ってる。おまえは様子がおかしいままだったから、目が行き届いてなかったが、しわ寄せはなぜか全部私に来てたんだよ！」

今更ながらに、数日間の多忙を責められ、総司の方が面食らった様子を見せた。

藤堂は改めて歳三に向き直ると居住まいを正した。

「そのおかげで、沖田の練習に立ち合うこともなく……というか、立ち合う暇がなく、私は雷舞《ライブ》の当日を迎えたんです。ついでに当日も会場に着くのは随分と遅れました」

「だから、鳳舞合奏《フェニックスライジング》の影響を受けなかったのか」

藤堂は真面目な顔で頷く。

「隊の連中がおかしくなっていることには、後から気がつきました。近藤さんをあんたら二人が殺すわけもないのに、なぜかみんなはそれを信じているんです」

「遅れたとはいえ、おまえもその目で見たのだろう?」

井伊はそのような幻を隊士たちにみせていたはずなのだ。

「ああ、見せられました。ですが、そんなもの信じられますか。だったら、俺の目が見たものの方が誤りだ」

藤堂ははっきりと言い切る。例え己が見たものでも、そちらを信じないと言い切るほどの信頼が、歳三と総司に寄越される。歳三は強く目を瞑った。目の奥の熱さにかまける暇は、今の二人にはない。

「……感謝する、藤堂」

「俺は新選組の中から、隊を守ります。みんなが正気に戻るよう、手を尽くします。副長と沖田は新選組を出て、近藤さんの遺志を貫いてください」

三人の視線が絡み合い、そして答えは一つだった。

「例え、離れようとも、誠の道を」

「私たちの局長に誓いましょう」

総司はただ黙って見つめた後、ゆっくりと目を伏せた。

「……僕が罠にはまったせいで、近藤さんは命を落とした。今はまだ無理ですが、全てが終わった暁には如何様にも責めてください、藤堂さん」

「近藤さんが救った命を無駄にしたら、その時は責めてやる。私が言えるのはそれだけだよ、沖田」

総司の閉じたままの瞼が僅かに震える。歳三も藤堂も、それには気づかぬふりをした。

「追い立てるようで悪いが、長話をしている余裕はないんです。みんなが気づく前に、消えてください」

それが藤堂の親切だとわかっていたが、歳三はあえて首を振った。

「恥じることは何もしていない。堂々と表から帰らせてもらおう」

キッパリと言い切る歳三に、藤堂は呆れたような表情を浮かべたが、すぐに諦めた。この男も、歳三の性質をよく知っているのだ。

歳三と総司は組の隊服を藤堂に預ける。

「駄目です、これは持って行ってください。あなたたちはそれを羽織る権利がある」

「手放すのではない。俺たちは新選組に帰ってくる。そのときに、また受け取ろう」

「本当に仕方のない人たちだ」

藤堂は渋々といった様子で歳三と総司の羽織を受け取った。

「あ、藤堂さん。ついでなんで、それ洗い張りして日干ししておいてくださいね」

「……沖田を殴っていいですかね、副長」

「……すまん、俺があとできつく言っておく」

当の総司はどこ吹く風だ。その人を食った態度は、昔から仲間に良く見せていたもの。

藤堂もそれを思い出したのか、呆れたような笑いを浮かべた。

それはまるでいつもの日々が、今このときだけ戻ってきたような錯覚を歳三たちに与える。

だがそれは夢だ。この静寂はかりそめでしかなく、今はまだ狂乱の最中なのだ。

藤堂が笑いを納めると、三人はかたく手を握り合った。

次に相対できるのはいつともしれない。だが別れの覚悟と再会の約束は言葉にされずとも伝わった。

歳三と総司は静かに背を向ける。

外へと出れば、庭から更に溢れた隊士たちの視線が二人に集中する。上がりそうになる声は、すぐに表に出てきた藤堂を始めるとする組長たちによって抑えられる。

彼らを見回し、歳三は声を上げた。

「新選組局長、近藤勇の遺志は、この土方歳三が受け継いだ！　お前達は誇りある新選組の隊士だ。新選組として志を果たせ！」

歳三の思いの丈が響いたとき、隊士たちの目から涙がこぼれ始める。

抗うように涙を流す姿は、新選組隊士としての志を取り戻そうともがいているように見える。

気高い勇の姿は、彼らの目に焼き付いている。今は泰平化により惑わされていても、かならず正気を取り戻すだろう。歳三はそれを信じた。

「行くぞ、総司」

「ええ、土方さん」

二人は寺を後にした。

敷地を出れば、そこには近藤の葬儀を聞きつけた住人たちの姿がちらほら見え始めている。

その中に、一人の老女の姿があった。歳三は軽く目を見張り、しかしそっと視線を外す。ここで会釈でもすれば、歳三たちと関係がある者だと認識されかねない。これから幕府のお尋ね者になるに違いない自分たちと、縁があると思われれば何かと不便になるだろう。

そのままその場を離れたが、総司には気づかれていたようだ。

「土方さん。あのおばあさん、知り合いだったんですね」

総司も彼女を知っている様子だ
「ああ、そうだ。だが総司も？」

「よく知りませんよ。でも昨夜、僕とトサカくんをあの屋敷まで道案内してくれたんです。一瞬、罠かと思いましたけど、土方さんのポエムネームも知ってたんで、これは本当に知り合いかなって思って」

「……っ」

途中までは良かったが、最後で心臓に太刀を突き立てられた気分になった。

「ぽえ……いや、なぜ、俺のペンネームをおまえが……！」

「ばれてないと思ってる方がすごいですよ。まぁ、それはいいんです。土方さんの趣味はどうでもいいし」

よくない。歳三の精神衛生上、とても良くない。

しかしここでそれを掘り下げると、自分に返ってきそうな気がした。

だから、あえて話の核心だけに触れることにする。

「……彼女は、昔世話をしたことがある……人だ」

「えっ、世話って、まさか土方さんの彼女ですか？　……うわぁ、思い切った年上好きだったんですね。付き合いは長いのに、僕もそんな性癖は知らなかったな」

「おい待て、違う！」

今度はとんでもない誤解が発生している。半分は冗談だろうが、残りの半分で本気にされたらたまらない。確実に被害は歳三にもたらされるのだ。

「そうではなくて、彼女は近藤さんの縁だ」

「え？　いったい、どんな親切をしたんですか、あの人？」

歳三の時は勝手に彼女などと決めてかかっておきながら、勇だとこれだ。相手はまだ怪我人だと呪文のようにくり返し、拳骨を落としたくなるのを堪えた。

『ははは、二人とも仲良くな！』

ふいに、あの懐かしい声が聞こえた気がした。

だがそれは幻。泡沫の夢だ。

総司の質問に答えることで、歳三はその未練を振り払った。

「いつものことだ。近藤さんが誰かを助けて、その恩が巡り巡ってきた」

「近藤さんらしいや」

「おかげでその月は道場のツケが払えそうになくて、臨時で用心棒をして稼ぐ羽目になったがな」

道場近くで行き倒れになった旅の若夫婦を助け、勇が路銀まで工面してやったのは、もう何年前の話だろうか。その若夫婦の旅の目的は、病気の大伯母を見舞うというもので、その女性が彼女だったのだ。従甥孫《じゅうせいそん》夫婦の窮地を助けてくれた勇に、彼女は深く恩義を感じていたのだという。そして、少しでも近藤に恩を返そうと雷舞箱《ライブハウス》で下女として働いていたのだ。

最後に見た桔梗の花が歳三の脳裏に浮かんだ。またあれを見ることが出来る日を、取り戻さなければならない。そう心に誓う。

「雷舞《ライブ》前の気配りから、今度のことまで……アプリコットには色々助けられたことになるな」

「アプリコット？」

「いや、なんでもない」

あの晩、歳三をあの屋敷まで先導してくれたのも老女、お梅だった。

大病を患って以来、耳の調子が良くないお梅は普段から天歌《ヘブンズソング》を聴き続けていても、ほとんど影響を受けずにすんでいたらしい。

「結局は、俺はまた近藤さんに助けられたんだ」

返しきれない恩ばかりが残ったが、ならばあの人の遺志を歳三は引き受けるのみだ。

「行くぞ、総司」

「……トサカくんたちの所ですよね。まさか僕たちが志士《ロッカー》と組むようになるなんて思ってもいませんでしたよ」

「だが奴らはこの世を変えようとしている。それは近藤さんの望んでいた平和な世と同じ音色を持っている」

「じゃあ、しかたないか」

肩をすくめる総司と連れ立って、歳三は歩く。

道の向こうに、明るい髪色の者たちの姿が見えた。

「おお～～～いっ！　ヒジゾーさん！　ソウちん、ここじゃ、ここじゃ～～っ！」

「龍馬！　うるせえ、目立つだろうがっ！」

「目立っているのは、あなたの声ですよ、晋作」

「ていうか、桂さんが抱えてるそのわけのわからねえ、ガラクタの方が絶対悪目立ちしてるだろうがっ！」

「なんて失礼な、これはガラクタじゃありませんよ。ほらこの硝子球体の見事さを……」

往来の真ん中で騒ぎ始めた志士《ロッカー》たちは、無駄に注目を集め始める。

「うわぁ、あれと一緒に行動するのか。大変そう」

「……なんとかなる」

歳三は自分に言い聞かせるように、そう呟いた。

そして姦《かしま》しい三人の元へと歩き始める。

近藤が夢見た穏やかな未来を手にするのは、もう少し先になるだろうが、歳三は諦めないと心に誓った。

左肩で熱く燃える刻印が、彼と共にあるのだから。

五人の男達が去っていくのを、物影から見つめる男が居た。

「ほぉ、あれがあいつの言っていた弟子って奴らか。……まぁ、聞いていたより増えているようだが、悪かねぇ。おまえの残したものを、俺が代わりにしっかり見届けてやるぜ」

男は長髪を風にゆらし、不敵な笑みを見せる。

その時、特徴ある大きな頭部の人影が男の視界をよぎった。

「な……っ！　あれはショウ!?　いや、まさか……」

男は辺りに目を凝らすが、もうその影はない。

「……ははは、この勝海舟も焼きが回ったか……？」

男は自嘲すると、袂に手を突っ込み悠然と歩き始めた。

また新しい風が、この日の本で吹き荒れようとしていた。

あとがき

皆様、こんにちは、お久しぶりのＳｔｏｒｙ Ｗｏｒｋｓです。二巻やっと発行です。遅くなってすみませんでした！　この巻からお買いになるお客様には、初めましてですね！　良ければ一巻もお手に取っていただけますと嬉しいですよとＣＭしてみたり。

次は新選組でーすと後書きで予告をしちゃいましたが、無事新選組の話となりました。

しつこいようですが、我が社はゲームシナリオの方も担当しています。で、各キャラのキャッチフレーズを主に作ったお嬢さんが、沖田総司のメイン担当として、新選組をなんというかこんなアイドルチームに仕立てました。変ですよね（笑）。弊社的にはいつものことですが、変だよ、この人達。その変な人達をたくさん書けて楽しかったです。本気で言ってます。ちなみに誠仮面は弊社男子発案。どっちもどっちですね。

ゲームのシナリオが終わっても、まあ色々書き下ろしを頼んでいただいて書いていたんですが、ある日、沖田話を書いてマーベラス様にチェックしていただいたら、「エロ過ぎます。これじゃ18禁になっちゃうよ」というリテイクが来た時には爆笑してしまいました。いや、そんなすごいことは書いてませんよ、ホントですって！　どうも行きすぎてしまう傾向にありますなぁ。あらすじはすごくいい加減（失礼）に通してくださるのですが、時折ご迷惑かけてすみません。「あははは、楽しくていいんじゃないですか」という（生）温かいご対応、いつもありがとうございます。マーベラス様！

POSTSCRIPT

新選組の過去話は公式設定が少ないので膨らませることもできるのですが、その分色々難しいです。でも今回、どうしても書きたかった『『近藤勇』の復活？　その時土方と沖田はどうする!?』のためには書かないと！　でした。新選組は煌《ファン》も多いので気がかりです。気に入っていただけると嬉しいのですが。龍馬たちを活躍させられなかったのも気がかりです。けっこう出番はあるんですけどね。個人的には直弼の慶喜ラブがあまり入れられなくて残念。今回は怖い直弼様ですからねぇ。

つい先日書き下ろしていた雑誌用の小説とイメージが違って苦笑しましたよ。

さて、お詫びタイムです。

本当にご迷惑をおかけしました、一二三書房様！　印刷所、デザイナーの皆様！　監修の時間がろくに取れなかったのではのマーベラス様、申し訳ありませんでしたっっっ！

そして、そんな中素晴らしいイラストありがとうございます！　近藤が渋カッコイイですねっ！　直弼超イケメンだし（中身残念だけど）。

ゲーム時、まだ直弼のデザインが出来てなくて、粛々とシナリオを書いていたんですが、デザインが上がってきた時、おおう！　ってひっくり返ったことを懐かしく思い出しました。けっこう普通の渋い武士のイメージだったんですよ。「魔王様だ、魔王様だよっ」って盛り上がったっけなぁ。シナリオ直したりはしませんでしたね。てへっ。では、また。お会い出来ることを夢見て、失礼致します！

Story Works

幕末Rock

誠の道 一縷の光

原　作
幕末Rock（マーベラス）

発　行
2015年8月20日　初版第一刷発行

著　者
StoryWorks

発行人
長谷川　洋

発行・発売
株式会社一二三書房
〒102-0072　東京都千代田区飯田橋2-14-2　雄邦ビル
03-3265-1881

デザイン
erika

印　刷
日経印刷株式会社

作品の感想、ファンレターをお待ちしております。

〒102-0072　東京都千代田区飯田橋2-14-2　雄邦ビル
株式会社一二三書房
StoryWorks／百鬼丸 先生

Printed in japan, ISBN 978-4-89199-350-4